아무튼, 친구

아무튼, 친구

양다솔

위고

차례

온 마이 웨이 ___ 6

열혈 우정인 ___ 20

문턱에 서 있는 사람 ___ 32

무소식이 비(悲)소식 ___ 44

스투키와 나 ___ 56

모든 것의 공주 ___ 66

빗의 속도 ___ 76

보름간의 별거 ___ 88

마운테인 다이어리 ___ 100

아빠는 이데아 ___ 112

내가 본 것을 당신도 본 것처럼 ___ 122

"지금 딱 좋아" ___ 136

온 마이 웨이

전화를 받은 것은 기차 안이다. 낭창한 목소리가 덜컹이는 소리 위로 포개진다. "시간 되면 이따 나 좀 도와줄래?" 때마침 나는 출장으로 전국 방방곡곡을 순회하고 일주일 만에 귀갓길에 오른 참이었다. 몸은 천근만근이었고 피부는 퍼석퍼석했으며 배에서는 꼬르륵 소리가 났다. 집에 가서 배를 채우고 누우면 한 계절 잘 것 같았다. 수화기 너머의 목소리는 방금 딴 오렌지처럼 상큼했다. 그 생각을 하니 배가 더 고파졌고, 나는 대답했다. "좋아." 그는 어쩌면 내가 하루 종일 집에서 빈둥거리며 낮잠을 자다가 전화를 받았다고 생각할지도 몰랐다. 내 지친 목소리가 적당히 나른하게 들렸을 것이다. 아무렴 상관없었다.

그는 인생의 무작위성에 대해 알고 있었다. 삶은 개연성 없는 소설 같았다. 논리적이지 않았고 설명할 수도 없었다. 의도치 않은 결과들의 합, 우연의 연속, 무맥락적인 장면들 같았다. 차라리 주사위를 던지는 행위와 비슷해 보였다. 그렇다면 그는 온 마음을 다해 주사위를 던지는 사람이었다. 어떤 것은 뜻대로 되었고 어떤 것은 되지 않았다. 원하던 결과가 나오지 않는 것이 그의 마음을 무겁게 할 수는 없었다. 깊이 생각하지 않았다. 우리가 할 수 있는 것은 다시 던지는 일이라는 걸 그는 알았다. 그는 자주 기도하는 모습이었다. 그의 얼굴이 갈망으로 가득 찼다가 이내 의연해지는 것을 나는 자주 목격했다. 원하는 것을 향해 그토록 가볍고 올곧게 나아가는 사람을 본 적이 없었다. 그런 그를 절망시킬 수 있는 것은 세상에 그리 많지 않을 것이었다. 그러니 나는 그의 제안을 거절할 수 있었고 그는 아주 깨끗한 목소리로 말할 것이었다. "그럼 좋은 하루 보내고 다음에 봐." 다음은 있을 수도 있었고 없을 수도 있었다. 나는 '좋아'가 아닌 다른 대답을 하는 나를 상상해보았다. 그것은 가능했지만 아주아주 먼 우주에 있었다.

거대한 야외 역사에 기차가 멈췄다. 승객들이 플랫폼으로 쏟아져 내렸다. 숨을 쉬자 하얀 김이 피어올랐다. 나는 늪에 빠진 사람처럼 비척거리며 인파 사이를 헤집고 걸었다. 짐을 줄이기 위해 옷을 있는 대로 껴입은 상태였다. 내 몸통만 한 사이즈의 캐리어와 커다란 백팩, 다섯 개쯤 되는 쇼핑백이 양 팔에 주렁주렁 걸려 있었다. 꼭 열매가 너무 많이 달려서 비대해진 나무 같았다. 에스컬레이터에 몸을 싣고 저 멀리의 하늘을 올려다보았다. 하늘은 밝다고도 어둡다고도 할 수 없어 시간을 가늠할 수가 없었다. 얇은 기름종이가 켜켜이 쌓인 듯 침침했다. 순간 그 안에서 알 수 없는 동그란 입자를 발견했다.

“아.”

눈이었다. 팝콘 같은, 한 조각 구름 같은, 안개꽃 송이 같은 것이 허공에서 피어나고 있었다. 하늘의 색과 똑같아서 거의 구분할 수 없을 정도였다. 그것은 아주 느린 속도로 낙하하고 있었다. 얼마나 소리 없이 시작되었던지 꼭 비밀 같았다. 아무도 하늘을 보고 있지 않았다. 그 찰나의 순간을 목격한 사람은 나뿐인 것 같았다. 발견되기를 기다렸다는 듯 눈송이는 곧 함박눈이 되었다. 하늘이 순식간에 눈으로 득시글거렸다. 하얀색 도트 무늬 벽지 같았다.

눈은 이제 커다란 이빨이 되어 보이는 것들을 하얗게 집어삼켰다. 거리 위로 하얀 장막이 덮였다. 역전 입구에서 사람들이 너나 할 것 없이 전화를 걸기 시작했다. “지금 눈이 엄청 내려. 갈 수 있을지 모르겠는데.” 역 앞에는 택시를 기다리는 사람들의 줄이 생겼다. 쏟아지기 시작한 눈은 다른 국면을 만들었다. 약속이 취소되었다. 일정이 지연되거나 연기되었다. 눈이 쌓이고 떠나지 못한 사람들이 쌓였다.

하얀 손이 사람들의 발을 묶었다. 모두가 집으로 돌아가고 싶어 하는 밤이었다. 택시는 열한 번을 불러도 오지 않았다. 겨울밤의 폭설은 도시에 고요하고 분명한 혼란을 가져왔다. 버스가 멈췄고 사람들이 미끄러지고 넘어졌으며 곳곳에서 연쇄 추돌 사고가 났다. 도로는 결빙되거나 질척거렸고 차들은 도로에 선 채로 차 위에 쌓이는 눈을 지켜봐야 했다. 차를 버리고 떠나거나 집에 가는 걸 포기하고 가까운 호텔에 투숙하는 사람들도 더러 있었다. 나를 집에 데려다준 것은 열두 번째 택시였다. 무사히 귀가에 성공했다는 점에서 운이 좋은 편이었다. 현관에 들어서자 창밖으로 눈이 소복이 쌓인 향나무가 보였다. 안에서 보이는 밖이 그렇게 평화로울 수가 없었다. 나는 젖은 신발을 비스듬히 세워두고 입은 옷들을 전부 벗었다. 당장 물을 올렸다. 한 폭의 그림 같은 향나무를 바라보며 뜨거운 차를 연거푸 들이켰다. 나에겐 두 가지가 필요했다. 온기와 용기였다.

짐을 내려두고 다시 새로운 짐을 꾸렸다. 시간이 별로 없었다. 새 양말로 갈아 신고 마른 운동화를 꺼내 신었다. 장갑을 끼고 모자를 쓰고 귀마개와 목도리를 휘휘 둘렀다. 아무도 내가 누군지 알아볼 수 없을 정도로 무장했다. 현관을 박차고 나섰다. 목적지까지의 경로를 검색했다. '버스 경로 없음, 지하철 경로 없음, 택시 1시간 30분, 자전거 40분.' 검색을 하는 동안 핸드폰 화면 위로 눈이 쌓였다. 나는 한 치의 망설임 없이 자전거에 올라탔다. 페달을 밟자마자 길이 평소와는 완전히 다르다는 것을 직감했다. 자전거 바구니에 실어둔 짐이 리드미컬하게 덜커덩거렸다. 가방에는 드라이기와 고데기, 드라이샴푸, 헤어젤, 헤어 왁스, 헤어 스프레이, 헤어 마스카라가 들어 있었다. 나는 친구의 머리를 해주러 가고 있었다. 중요한 무대가 있었고 직전에 15분 정도의 시간을 낼 수 있다고 했다. 그날 밤 연기되지 않은 몇 안 되는 행사였다. 나는 무대 시작 전에 도착하여 15분간 머리를 해주고 퇴장하는 소임을 부여받았다. 지금부터 곧장 달려간다면 어찌저찌 시간을 맞출 수 있었다. 1분이 아쉬운 상황이었기 때문에 한시도 지체해서는 안 되었다. 그런데 사실 머리를 못 한다고 해서 별일이 생기는 건 아니었다. 머리 말고도 볼 것이 많은 친구였다. 게다가 그 짧은 시간 동안 마법 같은 효과를 낼 만큼 내가 실력자인 것도 아니었다. 그저 잔머리 몇 가닥을 빗겨주는 정도일 것이다.

사위는 어두워졌다. 세상엔 눈보라가 치고 있었다. 길은 하얗게 반짝였고 버터처럼 매끈했다. 똑똑한 사람들은 집으로 갔다. 누구도 A 지점에서 B 지점으로 가는 무모한 시도를 하지 않았다. 간혹 산책을 나온 듯 보이는 사람들이 길 위를 아기처럼 아장아장 걷거나 콩콩 뛰거나 달팽이처럼 부드럽게 미끄러졌다. 눈밭을 신나게 파헤치고 있는 강아지가 보였다. 나는 그 풍경들을 바람처럼 스쳤다. 그리고 나자빠졌다. 무으와악! 하는 비명과 함께 액션 영화에서 드리프트 하는 스포츠카처럼 멋들어진 포물선을 만들었다. 허벅지에 싸대기를 맞은 것 같은 둔탁하고 알싸한 아픔이 느껴졌다. 그렇게 제대로 넘어져보기는 처음이었다. 상당히 놀랐고 묘하게 통쾌하기도 해서 어쩐지 웃음이 나왔다. 벌떡 일어나 주섬주섬 짐들을 챙기는데 엉치뼈가 욱신거렸다. 다시 안장에 올랐을 때 맞은편에서 자전거를 타고 유유히 다가오는 중년 남자가 보였다. 그는 기껏해야 걷는 것보다 조금 나은 속도로 달리고 있었다. 나는 페달을 밟으며 점점 그와 거리를 좁혀가다가 다시 한 번 눈 위에 화려하게 미끄러졌다. 그는 속도를 늦추지 않은 채로 나에게 외쳤다. "괜찮아요? 천천히 달려야 돼요!" 그의 입에서 하얀 입김이 뭉게뭉게 피어올랐다. 그는 내가 넘어지는 장면을 본 유일한 목격자였고, 그는 내가 그날 밤에 목격한 유일한 라이더였다. 그는 전혀 서두르지 않았다. 멀어지는 그의 뒷모습은 마치 고난이도의 슬로 댄스를 추는 것 같아 보였다.

눈으로 뒤덮인 거리를 달리는데 삿포로에 있는 것 같은 착각이 들었다. 그런 눈은 삿포로에서만 봤다. 우리나라에서는 기념적인 폭설이라 할 만한 눈이 그곳에서는 매일같이 내렸다. 눈을 보는 것이 아니라 눈을 겪을 수 있었다. 눈으로 구성되었으며 눈의 질서로 흘렀다. 모든 것이 하얀 이불을 덮었다. 하늘에서 내린 눈만으로 스키장을 만드는 곳이었다. 아이들은 썰매를 타고 등교했다. 개들은 눈 위를 뛰어다녔고 사람들은 느리게 걸었다. 걸을 때마다 뽀독뽀독 소리가 났다. 모두의 흔적이 포개졌다. 모든 차선과 횡단보도가 지워졌다. 집도 지워지고 자전거도 지워졌다. 우체통도 소화전도 자판기도 지워졌다. 크고 작은 것들, 더럽고 깨끗한 것들, 주인이 있고 없는 것들이 공평하게 지워졌다. 사람들은 부지런해져야 했다. 매일 새로 길을 내야 했다. 쌓인 눈을 걷어내야 했다. 며칠만 늦어도 자동차가 종적을 감췄고 문이 열리지 않았다. 바쁜 사람들은 다리를 높이 들어 올려 겅중겅중 뛰어다녔다. 빨리 가려는 시도는 그런 모양으로 우스워졌다. 모든 가게 앞에 눈을 터는 매트가 깔려 있었다. 사람들은 서로 손이 닿지 않는 곳에 쌓인 눈들을 털어주었다. 모두가 조금씩 젖어 있었고 모두가 조금씩 다정해졌다.

아침마다 눈이 경악스러울 만큼 쌓였다. 내가 잠들어 있던 순간에도 시간이 정직하게 흘렀다는 것을 알 수 있었다. 성실하다는 표현이 절로 나왔다. 세상이 하나의 거대한 덩어리가 된 것 같았다. 어디에나 누군가 먼저 내어놓은 샛길이 있었다. 아주 인적이 드문 곳에도 딱 한 사람이 들어갈 수 있는 폭의 길이 나 있었다. 모두가 그 길로만 걸었다. 마을 전체를 위에서 본다면 개미굴과 닮아 있을 것 같았다. 길에서 핸드폰을 보며 걷는 사람이 아무도 없었다. 곧 그 이유를 알 수 있었다. 핸드폰을 꺼내면 순식간에 눈이 쌓였다. 안경 위에도 쌓였다. 핸드폰과 안경을 주머니에 넣고 나서도 제대로 걸을 수 없었다. 눈이 눈으로 비집고 들어와서 앞이 보이지 않았다. 안구가 자꾸만 시원하고 촉촉해졌다. 눈으로 들어온 물이 눈물이 되어 흘렀다.

도착한 그날로 신발에 치명적인 문제가 있음을 알게 되었다. 신발은 젖은 행주같이 축축했다. 눈의 질서를 모르는 신발이었다. 우리는 발이 동상에 걸리기 전에 방한 부츠를 샀다. 눈을 제외한 얼굴을 전부 가려주는 복면 모자를 샀다. 한국으로 돌아가는 즉시 처치 곤란이 될 물건들이었다. 생존의 문제였다. 우리는 한 무리의 도적떼처럼 걸어다녔다. 그야말로 웃기는 눈이었다. 무해하고 연약하게 생겨서는 무례하고 폭력적이기 짝이 없었다. 사람을 꼼짝할 수가 없게 만들었다. 그 모든 일에 놀라는 사람은 나와 일행들뿐이었다. 사람들은 웃으면서 이 정도면 좋다고 말했다. 그들은 눈에 저항하는 법이 없었다. 가게 주인들은 쌓이는 눈을 바라보다가 무릎 위를 넘어가기 시작하면 하나둘 가게 문을 닫았다. 눈발이 거세지면 가던 길을 멈췄고 전화를 끊었고 일정을 취소했다. 눈이 허락하는 일들을 했다. 그 얼굴에 어떤 아쉬움도 보이지 않았다. 당연한 일이었다. 눈과 싸우려고 드는 게 오히려 이상했다. 그곳에서는 "눈이 와서요"라는 한마디로 모든 설명을 대신할 수 있었다.

　　나는 그저 요령을 조금 터득할 필요가 있었다. 우선 내가 타고 있는 것이 자전거라는 고집을 내려놔야 했다. 20년 가까이 쌓아온 자전거 인생을 눈밭에 내던졌다. 새로운 리듬을 찾아야 했다. 길과 하나가 되어야 했다. 눈이 생크림처럼 부드럽게 덮인 이 길은 자전거라는 매개체를 통해 나와 이어져 살아 숨 쉬는 유기체인 것이다. 눈과 내가 진정으로 하나가 된다면 멈춘다거나 미끄러진다거나 넘어진다는 것은 개념에 불과했다. 온몸의 신경을 곤두세워 길을 받아들이고, 바퀴를 피부처럼 느끼면 된다. 바퀴에 닿는 눈의 점도와 그에 따른 마찰력에 맞는 감각적인 페이

싱이 필요하다. 바퀴가 헛돌 것 같은 순간에 바로 방향을 틀어 중심을 잡는 순발력도 중요하다. 가만히 귀를 기울이니 눈의 리듬이 들려왔다. 내가 눈에게 집중하는 만큼 눈도 나에게 자리를 내주었다. 거기서 약간의 총명함과 도전의식, 균형감각만 있다면 속도를 높이는 것도 그리 어려운 일은 아니다. 나는 그모든 것을 세 번 넘어진 뒤에 바로 깨쳤다. 가히 천부적인 재능이었다. 그 결과 내 자전거보다 빠르게 달리는 것은 세상에 없는 것 같았다. 나란히 놓인 도로에 빼곡히 서 있는 자동차들은 내 뒤로 서서히 후진하는 것처럼 보였다. 나는 어쩌면 살면서 가장 빠르게 달리고 있는 것도 같았다. 사람들은 멀리서 질주하는 형체를 멍하니 바라보았다. 어느새 내가 눈길을 달리는 것이 아니라 눈이 나를 앞으로 밀어주고 있는 것 같았다. 눈 위를 날아다니고 있는 것 같았다.

"눈 때문에 발이 묶였어."

그저 한마디로 충분했을 것이다. 모든 것은 순조로웠을 것이다. 나는 아늑하고 따뜻한 집에서 지친 몸을 누일 수 있었을 것이다. 기차를 탄 순간까지만 해도 몰랐다. "좋아"라고 대답한 순간에도, 첫 번째 눈송이를 목격한 순간에도 몰랐다. 그에게 가는 길이 이렇게 많은 이야기를, 이렇게 많은 장면을 포함할 줄은. 그저 전화를 받은 순간부터 나는 달리기 시작했다. 한순간도 멈출 생각이 없었다. 그곳에 가는 것 말고는 아무것도 중요하지 않다는 듯이 달렸다. 나는 설레고 있었다. 눈밭을 달려가는 강아지처럼. 무엇도 막을 수 없는 존재가 되어 있었다. 내 마음은 눈 덮인 하얀 길처럼 뻗어 있었다. 짙은 어둠과 그만큼 눈부신 눈을 바라보며 나는 생각했다. 언제쯤 가지 않는 것을 택할까. 얼마큼 놀아야 위험천만한 눈길 대신 편안하고 안락한 집을 택할까. 언제쯤 살금살금 걷게 될까. 나는 도대체 얼마큼 심심한 걸까. 자꾸만 웃음이 나왔다.

취소는 쉬웠다. 언제든 가능했다. 모든 것은 없던 일이 될 수 있었다. 이번이 아니라면 다음이 있었고, 오늘이 아니라면 내일이 있었다. 어쩌면 그랬다. 눈이 아니라 무엇이든 우리를 가로막을 수 있었다. 기분이나 마음이나 느낌이나 허기나 상념까지도 우리를 멈추게 할 수 있었다. 우리는 오늘 만나지 못해도 괜찮았다. 그저 갈 수 없다고 말하고, 이유를 말하면 되었다. 다음을 기약하면 됐다. 그러나 삶의 어느 순간이든, 마음이 출발한 곳에 몸이 따라갈 수 있다면 기쁜 일일 것이다. 보이지 않는 것에 꽁꽁 묶인 발을, 고난이도의 슬로 댄스로 풀어낼 수 있다면 멋질 것이다. 그렇게 우리가 오늘 만날 수 있다면, 그것보다 좋은 일은 없을 것이다. 그때 주머니에 들어 있는 핸드폰이 울리기 시작한다. 눈 위의 질주, 그 숨 막히는 긴장 속에서 결정적인 역할을 하고 있는 오른손을 핸들에서 조심스럽게 떼어낸다. 놀라울 정도로 중심을 유지한 채로 핸드폰을 꺼내 쥔다.

　그가 알아야 할 것은 많지 않다. 눈은 녹을 것이고 멍은 사라질 것이고 내일은 밝아올 것이다. 뒤를 돌아보자 깨끗한 눈길 위로 내가 만든 단 하나의 유일하고 긴 선이 보인다. 그것은 기도처럼 보인다. 나는 말한다. 그 목소리는 방금 피어난 눈송이 같다.

　"여보세요? 나 가고 있어."

열혈 우정인

내 소개는 간단하다. "양다솔입니다. ○○의 친구입니다." 누군가 "무슨 일 하는 분이세요?"라고 물으면 멀쩡히 회사 다니는 직장인임에도 이렇게 말하곤 했다. "○○의 친구입니다. 그것이 제1 직업입니다. 아직 명함은 못 팠습니다. 갖가지 사이드잡을 하고 있습니다만 저를 별로 설명해주지 않네요." 특히 잘 보이고 싶은 상대에게는 여러 명을 열거하기도 했다. "아시죠? 저는 ○○의 친구이자 ○○과도 절친하고 ○○에게는 유일한 친구라는 말을 듣는 사람입니다."

반대로, "○○의 친구시죠?" 하고 상대 쪽에서 물어오는 경우도 적지 않았다. 실제로 나를 아는 대부분의 사람이 내가 대관절 뭐 하는 사람인지 알지 못했다. 그냥 ○○의 친구인 것으로 어렴풋이 알고 있을 뿐이었다. 혹자는 내게 어떤 이의 친구로 먼저 인식되는 것이 자존심 상하지 않느냐는 질문을 하기도 했는데, 그때 몹시 놀랐다. 누군가의 친구로 소개되는 것은 얼마나 멋진 일인가. 그들이 뿜어내는 빛과 그늘에 가려지는 것이 나는 무척 좋았다.

언젠가 나는 나의 절친한 친구 이슬아에게 부러 영어로 편지를 썼다. 이슬아가 처음으로 '일간 이슬아'를 발행한 해 그의 생일을 맞아 쓴 편지였다. 이미 우리는 서로의 생일을 너무 자주 맞이한 나머지 편지 같은 것을 매년 주고받지는 않는 사이였지만 그때는 어째서인지 정성스러운 편지를 썼다. 일부러 빈티지 한 느낌을 내려고 크라프트지를 마구 구긴 후에 아끼는 기계식 타자기에 끼워 한 글자 한 글자 쳤다. 굳이 영어로 쓴 것은 영어를 잘해서가 아니라 그 타자기의 영문 폰트가 한글 폰트보다 훨씬 예쁘기 때문이었다. 문법은 엉망이었다. 편지는 이렇게 시작한다.

Now you are officially writer. you made one step closer to open the Sulla Center. and I have been getting closer to my dream, the building cleaner.

이제 너는 정식 작가가 됐네. 이슬아 문학 센터가 오픈할 날도 머지않았어. 동시에 나의 꿈, 건물 청소 노동자에도 한 발짝 가까워졌군.

편지를 받았을 때 이슬아는 '자조를 이렇게까지 공들여서 하다니, 얘는 시간이 졸라 많나?'라고 생각했다고 한다. 실제로 나는 시간이 많았다. 친구에게는. 내 인생은 '친구 그리고 그 밖의 잡다한 것들'이라고 말해도 문제가 없었다.

　살다 보니 나와 같은 사람이 굉장히 드물다는 걸 알았다. 어떤 이에게는 친구란 있어도 그만, 없어도 그만인 존재였다. 그런 사람을 마주칠 때마다 나는 눈을 크게 뜨고 놀랐다. '어떻게 저런 사람이 있을 수 있지?' 하고 빤히 바라보았다. 사람들은 친구에게 별 시간을 쓰지 않았다. 친구는 가족도, 애인도, 일도 아니어서라는 거였다. 맞는 말이었지만 내게는 틀린 말이었고, 나는 처음으로 자문하게 되었다. 대체 내가 언제부터 이런 사람이었던 것인지. 그 기원이 너무 까마득하여 어느 날 엄마에게 물었다. 엄마의 코멘트는 다음과 같았다.

　"넌 어릴 적부터 알고 있었던 거지. 네가 노력하지 않으면 친구가 하나도 없을 거라는 걸. 너는 늘 재밌는 게 자기 자신이 아니라 남한테 있다고 생각했어. 그러면서도 매사에 이유를 따지고 의미를 찾는 피곤한 인사였지. 그렇게 애들한테 매달리면서도 정작 애들을 재밌게 해주진 못했어. 지극히 자기중심적이고 완전히 공주병에 잘난 척이 심했거든. 난 네가 애들을 붙잡고 싶어 하는 걸 아니까 매번 싫은 소리 하나 안 하고 애들을 대접했지."

　그 말을 듣고 있자니 오장육부가 뒤틀리고 뜨거

운 화가 올라오는 것이 느껴졌다. 내 유년 시절의 유일한 산증인이 나에 대해 하는 평가가 이리도 야멸차다니. 이토록 무미건조하게 아픈 구석만 푹푹 찌르다니. 나는 서러운 심정으로 엄마에게 말했다.

"그냥 애가 혼자 자라서 친구 사귀는 데 좀 서툴렀다고 하면 될 걸, 그 어린 게 애를 쓰는 모습을 어쩜 그렇게 잔인하게 말해? 그러니까 태어나기를 반푼이였다는 거잖아!"

엄마는 두 손을 어깨 위로 들어 올리며 "사실을 말했을 뿐"이라고 했다. 그것이 사실이라는 점이 가장 끔찍했다.

나로 말할 것 같으면 어릴 적부터 좀 서슴없었다. "너 남의 집에 가서 냉장고 휙휙 여는 거 아니야!" 엄마가 맹렬히 쏘아붙였다. 이미 엄마들 사이에 소문이 파다하단다. 나는 눈을 껌뻑이며 머릿속에 입력했다. 남의 집 냉장고를 휙휙 열지 말 것. 이유는 모르겠지만 안 되는 모양. 또 언젠가는 아는 선생님 가족과 식당에서 신나게 밥을 먹는데 머리 위로 선생님의 불호령이 떨어졌다. "여기 너만 있나!" 고개를 들어보니 내 앞에 쪼르르 앉은 어린아이들 셋이 상심한 얼굴로 내가 비운 그릇들을 바라보고 있었다. 아, 그러면 안 되는 거였나? 맛있는 것을 혼자 다 먹지 말 것. 입력을 거듭했다. 언젠가는 단짝 친구가 수심이 가득한 얼굴로 와서 물었다. "이거… 어떻게 난 거야?" 전날 문구점에서 이것저것을 구경하다 친구가 24색 고급 래커 세트 앞에서 손가락만 빨고 있길래 슬쩍 훔쳐서 다음 날 선물로 건넸다. 10만 원이 훌쩍 넘는 물건을 건네받은 친구의 얼굴은 기쁨은커녕 당혹스러움으로 질려 있었다. 그 얼굴을 보는 내가 더 당혹스러웠다. 갖고 싶어 했잖아. 어떻게 났느냐는 게 왜 중요하지? 네가 원하는 게 네 앞에 있는데. 다시 입력. 갖고 싶어 하는 것을 꼭 줄 필요는 없음.

세상에는 안 되는 일들이 생각보다 많았다. 나를 제외한 사람들은 이미 어딘가에 따로 모여 앉아 모종의 협의를 마치고 온 것 같은데, 나로서는 경험해 보지 않고서는 알 수 없었다. 보이지 않는 정해진 선이 나를 제외한 모두를 감싸고 있는 듯 보였고, 나는 하나하나 더듬어 찾아낸 그 둘레를 점으로 표시해두는 수밖에 없었다. 그럴 때면 운동회 날에 돌돌거리며 운동장에 하얀 선을 만들어내던 라인기가 떠오르곤 했다. 물론, 냉장고라는 것은 남의 집 살림살이 수준을 한눈에 알 수 있는 사적 소유물이므로 함부로 들춰보는 것은 실례라든가, 외동딸로 자라 항상 식탁에

오른 음식을 독차지했어도 다른 사람들과 식사할 때
는 배려해야 한다든가, 누가 얼마나 갖고 싶어 하고
얼마나 필요로 하든 약속한 값을 치르지 않은 물건은
선물로 건네도 의미가 없다든가 하는 것을 내가 모를
정도로 바보는 아니었다. 그것과는 어딘가 조금 다른
문제였다.

　나의 이런 서슴없음은 이후로도 엄마를 비롯해
수많은 선생님들을 당혹스럽게 했다. 친구들 사이에
서도 항상 겉돌았고, 누굴 때리거나 괴롭히지도 않았
던 내가 어린 시절 어딜 가나 문제아로 꼽혔던 것은
바로 이 때문이었을 것이다. 예의 없음, 눈치 없음,
배려 없음, 개념 없음, 선 없음 혹은 싹수없음으로까
지 이름 붙여진 어떤 것. 귀에 못이 박이도록 욕을 먹
으면서도 나는 내가 어디가 그렇게 자기중심적인지
알지 못했다.

　매번 이 사실에 지치지 않고 놀라던 사람은 아
무래도 엄마였지 싶다. 우리 엄마로 말할 것 같으면
정의의 호랑이 같은 여자. 정의롭지 않은 것과는 평
생 겸상조차 하지 않은 청렴결백하고 기상 높은 장군
같은 사람이다. 왜, 그런 사람 있지 않은가. 경찰서라
고는 온갖 부정의에 맞선 것으로밖에 드나들지 않고,
언제나 옳은 것, 그러니까 어렵고 복잡하고 높은 가

능성으로 가난해질 길을 선택하고, 웃돈이라고는 은행 이자밖에 받아본 적 없는 사람. 정말이지 털어도 먼지가 지독하게 안 나올 것 같은 사람. 고집스럽게 정직한 사람. 나는 그런 엄마가 좋았다. 엄마가 몹시 훌륭하다고 생각했다. 저렇게도 살 수가 있구나 싶었다. 엄마는 이따금 마치 글자가 안 보일 때처럼 얼굴을 찡그리고 나를 바라보았다. 자기가 뭘 잘못한 건지 가늠해보려는 것 같았다.

그러나 정말 다행히, 나는 선했다. 혹시 알고 있는가? '선하다'는 것은 배려와 눈치와 개념과 예의와 싸가지와는 전혀 관련이 없다는 것을! 그리고 바로 그것이 지금 내가 감옥신세를 지고 있지 않은 유일한 이유라고 해도 과언이 아닐 것이다. 대부분의 사람들은 나의 이상함을 단번에 알아차렸다. 첫인상을 좋게 가지는 사람은 극히 드물었다. 대체 어떤 사람인지 감을 잡을 수 없다고도 했다. 몇 년을 만나도 나의 아주 기본적인 것에 대해 심각하게 오해하고 있기도 했다. 하지만 간혹, 내가 나라서 할 수 있는 것들을 발견해주는 이들이 있었다. 그들은 나의 친구가 되었다. 그들이 보낸 편지에는 자주 이렇게 쓰여 있었다. "이상하고 용감하고 엉망이고 훌륭한 내 친구에게."

김한민 작가는 『페소아』라는 그의 책에서 자신이 좋아하는 작가들은 대부분 외톨이였지만, 한편으로 친구를 잘 둔 사람들이라고 말한다. 폭넓게 사람들을 사귄 것도, 그렇다고 단짝이 있었던 것도 아니지만 적어도 한 명, 인생에서 꼭 필요한 특별한 친구가 있었다는 것이다. 로베르토 볼라뇨의 친구 마리오 산티아고 파파스키아로가 그렇다. 볼라뇨는 산티아고를 매우 사랑했지만 한 가지 불만이 있었는데, 산티아고는 줄곧 볼라뇨의 책을 빌려 가서는 매번 한껏 쭈글쭈글 구겨진 채로 돌려주곤 했다. 볼라뇨는 항상 망가진 책을 돌려받으면서도 이유를 묻지 못하고 그저 궁금해했다. 산티아고는 결코 자신의 집에 사람을 초대하는 법이 없었는데, 어느 날 처음으로 볼라뇨를 집에 초대한다. 친구의 집에 방문한 순간 볼라뇨는 궁금해하던 것을 바로 알게 된다. 친구는 책을 펼치는 순간부터 손에서 놓는 법이 없었고, 심지어는 욕실에 책을 들고 들어가 샤워를 하는 동안에도 읽었다. 책이 물에 흠뻑 젖는 것 따위는 친구에게 아무런 문제도 되지 않았다. 그 친구의 집에 있는 책은 한 권도 빠짐없이 쭈글거렸다.

볼라뇨는 그 사실을 알자마자 모든 의심과 불만을 내려놓는다. 친구는 책이 젖는 것을 신경 쓰지 않듯 자신의 목숨도 잊을 정도로 무신경하고 제멋대로 였는데, 이를테면 그는 길을 건널 때 신호등을 신경 쓰는 법이 없었다. 차가 달리든 말든 쳐다보지도 않고 도로로 직진했다. 문제는 그가 매일 저녁 멕시코 시티를 하염없이 배회했다는 것이다. 당연하게도 그는 사는 동안 셀 수 없이 많은 사고와 얽혔다. 그리고 결국 교통사고로 젊은 나이에 목숨을 잃는다. 볼라뇨는 큰 슬픔에 빠지지만, 그가 마지막까지 자신의 방식으로 살다 죽은 것을 후회하지 않을 것임을 안다.

놀라운 것은 산티아고가 자신이 얼마나 이상한 사람인지 알고 있음에도 자신을 그대로 인정하며, 어떤 의심과 수치심 없이 자신이 원하는 삶의 방식을 찾아내 살았다는 것이다. 나는 그가 죽음을 불사할 정도로 삶에 미련이 없으면서도, 동시에 자신을 무척이나 사랑하고 있다고, 자신을 사랑하는 마음으로 자신의 삶을 비호하고 있다고 느꼈다.

나는 어렸을 때부터 이상한 사람이었던 나 자신을 항상 버거워했다. 몹시 끔찍하다고 느꼈다. 이런 나를 사랑하는 것은 불가능에 가깝게 느껴졌다. 나는 차라리 내 친구를 사랑했다. 그리고 그들이 돌려주는 사랑을 빌려 자랐다. 그들을 믿는 마음을 조금씩 반사하여 나 자신을 믿었다.

이슬아의 생일에 보내는 편지의 끝에 나는 이렇게 썼다.

　　어쩌면 나는 내 할머니처럼 될지도 모르겠어. 언제나 자기 자신이 얼마나 쿨하고 인기 있고 재능 있고 걸출하며 주목받는 사람인지 떠드느라 바쁜 사람 말이야. 자신 말고는 아무것도 말할 것이 없는 사람 말이야. 어떤 것도 더는 발견할 것이 없는 사람 말이야. 이건 내가 그런 지루한 할머니가 되는 것을 네가 막아주기를 바라는 마음에 주는 뇌물이야.
　　생일 축하해, 나의 소중한 친구야.

문턱에 서 있는 사람

내가 스르르 잠드는 유일한 순간은 사람들 속에서다. 최초의 '스르르'는 2002년 월드컵 때다. 당시 나는 엄마 아빠와 함께 살고 있었는데, 내가 알기로 평생 우리 집은 스포츠 따위에는 관심이 없었다. 하지만 알다시피 당시에 월드컵 경기를 보지 않고 빨간 티셔츠를 입지 않는 사람은 국가에서 지정한 빨갱이였으므로 우리 집도 예외 없이 경기를 챙겨 보았다. 하루는 구청에서 마련한 행사인지 동네의 큰 공원에서 야외 스크린으로 사람들이 다 같이 본 경기를 관람했다. 동네 사람들이 다 나온 것 같았다. 공원을 가득 채운 여러 가족들이 삼삼오오 모여 돗자리를 펴고 주전부리를 즐기며 응원가를 떼창했다. 진귀한 풍경이었다.

당시 초등생이었던 나는 시큰둥했다. 누가 공을 어디로 차든 상관이 없었다. '저 공놀이가 뭐라고. 누구든지 간에 져버려라'라고 생각했다. 몸에 딱 맞는 비 더 레드 셔츠를 입고 빤들빤들한 은박지 돗자리 위에 아빠다리를 하고 앉아 게슴츠레한 눈으로 스크린을 응시했다. 그러다 쏟아지는 졸음을 어쩌지 못해 옆에 앉아 있던 아빠의 다리 위로 쓰러지고 말았다. 아빠는 내가 눕는지 어쩌는지 아랑곳 않고 응원가를 열창했다. 당시 나는 어린이였으므로 아빠의 긴

다리가 만든 삼각형 홈 안에 몸이 쏙 들어갔다. 아빠의 허벅지에 목을 기대고 고개를 뒤로 젖힌 뒤 두 눈을 감았다. 안락의자가 따로 없었다. 아빠는 이따금 크게 환호했다. 우리 축구팀이 선전하고 있었을 것이다. 아빠가 팔을 번쩍 들어 위로 마구 뻗을 때마다 내 몸이 혼연일체가 되어 함께 흔들렸다. 커다란 스피커에서 응원가가 쩌렁쩌렁 울려 퍼졌고, 사람들은 고래고래 소리 지르며 노래를 불렀다. 완전히 아수라장이었다. 나는 더없이 깊은 잠에 빠져들었다.

아주 시끄러운 것과 아주 고요한 것은 어쩌면 같은 게 아닐까. 그 뒤로도 나는 사람들 소리로 시끌벅적한 곳에서만 스르르 잠이 들었다. 이를테면 명절 때 엄마와 친척들이 고스톱을 치면서 광을 파네 마네 하며 언성을 높이고 지글지글 전을 부치고 뉴스와 드라마를 보며 지붕이 떠나가도록 수다를 떨 때 구석에서 새우처럼 몸을 말고 세상모르게 잠을 잤다. 그렇게 자고 일어나면 죽었던 부분이 살아난 것처럼 힘이 넘쳤다. 1년에 한두 번, 친구들 여럿이 왁자지껄 모여 노는 일이 생기면 나는 이렇게 말했다. "얘들아, 오랜만에 만나서 정말 반가워. 그런데 내가 갑자기 옆방에 가서 잠들어버려도 놀라지 마. 너희는 놀던 대로 재밌게 놀고 있으면 돼. 그럼 나는 정말 행복해질 거야." 그러나 대부분의 시간에 혼자인 사람이 사람들 속에서만 스르르 잠들 수 있다는 것은 정말 끔찍한 일이었다.

나는 외동딸에 1인 가구에 혼자 일하는 프리랜서다. 그러니까 말하자면 나의 삶은 스르르 잠들지 못하는 날로 가득하다(시간이 갈수록 더 그렇게 되었다). 매일 밤 나는 중요한 의식을 치르는 사람처럼 침실로 향한다. 편안한 잠옷과 포근한 이불, 적절한 실내 온도, 특정한 베개 위치와 높이, 그리고 소리와 빛을 원천 차단한 뒤 경건히 잠을 기다린다. 30분이 지나고 한 시간이 되도록 아무 일도 일어나지 않는다. 그야말로 최선을 다해 잠을 바란다. 송장 자세를 하고 온몸에 힘을 뺀다. 까짓것 그냥 죽었다고 생각해보기도 한다. 아주 운이 좋은 날이면 그 정도 수준에서 잠이 들기도 한다. 대부분은 몇 시간을 뒤척인다. 결국 참지 못하고 일어나 다른 일을 하면서 밤을 새운다. 마음이 조금이라도 복잡한 날엔 잠을 기다리는 것을 아예 포기해버린다. 입안의 솜사탕처럼 스르르 단잠으로 녹아들던 때를 생각하며 입맛을 다신다.

"너는 학교가 끝나면 동네에 있는 친구들을 열심히 꼬셔가지고 집으로 데려왔지. 그러고서는 정작

놀지는 않고 현관문을 지키고 서 있었어. 애들이 곧 갈까 봐서."

어릴 적부터 타인에게 몹시도 진심이었던 나를 엄마는 이렇게 회상했다. 그 말을 듣는 순간 발바닥에 닿았던 문턱의 서늘한 감각이 되살아났다. 완전히 잊었다고 생각했던 기억이었다. 애들은 같이 놀기는커녕 문턱을 지키는 나를 보며 무슨 생각을 했을까. "너는 마치 너만 아니면 무엇이든 재밌는 것 같았어." 엄마는 말했다. 그 말이 얼마나 슬프고 쓸쓸한 말인지 전혀 모르는 사람처럼. 엄마의 말은 시인 보들레르의 문장을 떠올리게 했다. "지금 이곳이 아니라면 어디든 행복할 것 같다."

엄마는 집에 놀러 오는 친구들을 늘 반겨주었다. 맛있는 간식을 차려주고 시끄럽게 놀아도 그냥 두었다. 그게 나를 위한 일이라고 믿었다. 나는 애들이 집에 가려고 엉덩이를 들라치면 새로운 장난감을 꺼냈다. 맛있는 간식과 새로운 장난감은 금방 아이들의 흥미를 끌었다. 엄마 아빠한테 사달라고 졸라놓고 정작 나는 한 번도 건들지 않은 것들이었다. 사실 장난감 따위에는 전혀 관심이 없었다. 다음 날도 그다음 날도 나는 새로운 것으로 친구들을 유혹해 우리 집으로 데려왔다. 그들이 엉덩이를 붙이고 앉아 있는 동안 나는 어김없이 문턱에 서 있었다.

　해가 지고, 애들이 집에 갈 시간이 가까워질수록 내 표정은 시무룩해졌다. 시끌벅적함이 사라지는 것이 끔찍이도 싫었을 것이다. 나는 사뭇 진중한 얼굴을 하고 아이들에게 다가가서 말했다. "얘들아. 사실 나 내일 이사 가." 생각지도 못한 전개에 친구들이 깜짝 놀라 일단 엉엉 울기 시작했다. "그럼 오늘이 마지막이니까 여기서 잘게." 그러면 나는 그들을 끌어안고 미소 지었다. 다 같이 양치를 하고 나란히 누워 잠에 들었다. 다음 날 아침 나는 언제 그랬냐는 듯 함께 등교했다. 애들이 통통 부은 얼굴로 내 얼굴을 빤히 바라봤다.

　나는 이렇게 말하고 싶었는지도 모른다. '제발 이런 나를 두고 가지 마.' 그 마음이 지금도 놀랍도록 생생하다. 발의 아치에 딱 맞던 문턱의 단단하고 시원한 촉감까지. 그럴 때면 시간이라는 것이 정말 흐르고 있는 걸까 싶다. 흔히들 시간을 선의 형태로 인식한다. 과거는 멀어지고 미래는 다가오고 있으며, 시작점으로부터 앞으로 나아가면서 끝과 가까워지고 있다고 말이다. 그렇다면 지난날들은 점점 희미해져야 했다. 특히 어린 날의 기억 같은 것은. 그래서 나는 생각해본다. 시간이 선이 아니라 공간이라면? 선을 따라 앞으로 나아가는 것이 아니라, 공간에 쌓이고 이어지며 확장되는 것이라면? 나는 오히려 그 편을 더 믿게 되었다. 시간이 갈수록 내 삶의 어떤 부분들은 새로운 것들로 덮이며 형태를 바꾸고 있는데, 그 옆에는 여전히 문턱을 지키는 아이가 서 있기 때문이다.

어느 날 아침, 나는 내가 37도가 넘는 꽤나 높은 열에 시달리고 있다는 걸 알고 매우 화가 났다. 점심때 친구를 만나기로 했기 때문이었다. 눈치도 없이 아프기 시작한 몸이 짜증스러웠지만 친구와 만날 수 없다고는 생각하지 않았다. 친구와의 약속을 취소하는 것은 있어선 안 되는 일이었다. 나는 무슨 일이 있냐는 듯 벌게진 얼굴로 약속 장소에 나갔다. 친구는 "어디 아픈 거 아니야?"라고 물었고 나는 전혀 신경쓸 것 없다고 말하며 덧붙였다. "어서 놀자."

한번은 친구가 부탁한 원고를 열심히 쓰고 있는데 몸이 심상치 않았다. 갑자기 열이 펄펄 나더니 머리가 꽝꽝 울리고 땀이 뻘뻘 났다. 나는 일단 약을 먹고 버티고 앉아 있다가 동네 내과에서 링거를 맞고 온 뒤 울면서 계속 글을 썼다. 약속을 지키지 않으면 친구가 곤란에 빠질 것이었다. 친구에게 완성된 글을 전송하자마자 그 자리에서 기절했다. 바로 응급실에 실려 가 뇌수막염 판정을 받고 그대로 병원에 입원했다. 이쪽 사정이 그러하다 보니 친구들이 나와의 약속을 연기하거나 취소하면서 그 이유를 "졸리다"라든지 "컨디션이 안 좋은 것 같다"라든지 "할 일이 많다"라고 하면 그야말로 원망으로 가슴이 터져버릴 것 같았다. 내가 목숨을 걸고 지키는 만남을 그런 하잘 것없는 이유로 취소하다니. 적어도 일주일 전부터 설레고 기다리며 몸과 마음의 준비를 하던 나에게 해도 해도 너무한 처사였다. 약속이 취소될 때마다 물었다. "넌 나를 친구라고 생각하긴 하니?"

오랜 친구와 전화를 하다가 농담처럼 이렇게 말했다. "네가 날 친구로 두는 이유를 연구 분석해봤는데, 편의성 때문이 아닐까 해. 사람들은 매번 무언가 필요할 때 가장 최선의 것을 찾을 것 같지만, 사실은 가장 구하기 쉬운 것을 고르거든. 편의점에 있는 물건들이 최고여서 사는 게 아니라 가까이 있고 편해서 사는 것처럼. 나는 네가 손 뻗으면 닿는 곳에 있으니까, 그래서 친구인 거야." 친구는 한숨을 쉬며 말했다. "끊을게."

길을 걷다가도 문득 이런 생각에 빠졌다. '지금 이 순간에 나를 생각하는 사람은 아무도 없겠지.' 그러면 한없이 외로워졌다. 혼자인 것이 끔찍해서 잠도 오지 않았다. 아무도 나를 사랑하지 않는다는 것이 눈에 보이는 사실처럼 다가왔다.

맑은 하늘을 보면 친구가 떠올랐다. 맛있는 음식을 먹고 좋은 곳을 가고 재밌는 영화와 책을 발견해도 가장 먼저 떠오르는 것은 야속하고 징글맞게도 친구의 얼굴이었다. 날씨가 좋으면 놀러 가자, 여름이면 수영장에 가을이면 산에 겨울이면 눈밭에 가자고 졸랐다. 노래방에 가고 맛집에 가고 계곡에 가자고 청했다. 친구들이 그런 내 제안에 응하는 것은 열의 한 번꼴이었다. 그럴 때마다 확신했다. 아무도 나와 함께하고 싶어 하지 않는구나. 며칠 동안을 슬픔에 잠겨 보냈다. 수십 번 절교를 다짐했다. 다시는 이런 바보 같은 우정을 반복하지 않겠다고 일기에 썼다. 그러다 한 달 뒤쯤 그가 "잘 지내?" 하고 연락해오면 나는 답신을 보냈다. "보고 싶어 죽는 줄 알았어!"

친구와 있는 순간에만 입을 열고 웃는 일이 많았다. 마치 독방에서 옥살이하는 사람이 따사로운 바깥 햇살을 쬐는 것처럼. 그 순간만이 나와 멀어지는 유일한 시간이었다. 대부분의 사람은 이런 나의 짙은 외로움을 쉽게 눈치 채지 못했다. 너무 밝고 유쾌한 나머지 이렇게 어두운 사람인지 몰랐어요, 하고 말했다. 그럴 때면 나는 조명 감독이 된 듯한 기분이 들었다. 아주 밝은 빛을 누군가에게 쏘고 있지만, 가장 어두운 곳에 서 있는 사람. 누군가를 사랑하는 환한 마음은 늘 나를 앞서 있었다. 어쩌면 나는 나를 그 뒤에 숨겼는지도 모르겠다.

누군가는 사랑하는 연인에게도 안 할 일을 나는 마치 엽서 한 장 주듯 친구에게 건넸다. 불쑥, 엄청난 것을, 아무렇지 않게 말이다. 거의 매번 깜짝 프러포즈를 하듯이 우정 행각을 했다. 오직 그들이 기뻐하는 모습을 보기 위해 수단과 방법을 가리지 않고 기상천외한 선물을 준비했다. 잔고가 5만 원 남았으면 고민도 없이 그 5만 원을 친구의 선물에 썼다. 그렇게 했을 때 바람대로 친구들이 뛸 듯이 기뻐했느냐 하면 아니었다. 대부분의 친구는 부담스러워했고, 어떻게 반응해야 할지 어려워했으며, 심지어 난처해했다. 우리의 관계는 그 순간부터 약간은 인위적인 것이 되었다. 내가 바랐던 상황과 정반대의 상황이었다.

오랫동안 무엇이 문제인지 알지 못했다. 시간이 지난 지금에 와서야 어떤 부분이 조금씩 명확해질 뿐이다. 요컨대 나는 10인분 전문 요리사다. 지금껏 약간 배가 고픈 한 사람에게 느닷없이 10인분의 진수성

찬을 차려놓고 그걸 맛있게 남김없이 다 먹으라고 해왔던 것이다. 대부분은 1인분을 채 못 먹고 겁에 질려 돌아갔다. 누군가는 억지로 먹다 체했다. 어떤 사람은 이런 걸 언제 해달라고 했냐며 성을 내거나 이렇게 살아서 남는 게 있냐고 훈수를 두었다. 물론 모두가 그랬던 것은 아니다. 어떤 사람은 크게 기뻐하며 이런 식탁을 평생 기다렸다는 듯 그릇을 깨끗이 비우고 배를 두드렸다. 누군가는 소매를 걷어붙이고 자신만의 속도로 하나씩 해치워나갔다. 혹은 웃으면서 냉동실에 넣더니 하나씩 녹여서 기어코 다 먹었다. 그러나 그런 사람은 흔하지 않았다. 애정은 주는 것만큼이나 받는 것도 엄연히 능력에 속함을 그제야 알았다. 그런 사람들만이 나의 친구로 남았다.

친구들은 마치 한글을 처음 배우는 아이를 가르치듯 나를 앉혀놓고 말했다. 우리가 우정을 오래 이어가려면 편하게 약속을 미룰 수 있어야 하지 않을까? 앞으로도 볼 날은 많으니까 말이야. 더 편하게 거절을 말할 수 있어야 하지 않을까? 서로를 사랑한다는 믿음이 있으니까 말이야. 몸이 조금이라도 안 좋으면 쉴 수 있어야 하지 않을까? 가장 최선의 컨디션으로 서로를 보고 싶으니까 말이야.

그 말들이 한 귀로 들어와 한 귀로 흘러 나가지 않기 시작한 것은 강산도 변한다는 10년이 흐른 뒤였다. 누군가를 진정으로 믿는 데에 10년이나 필요하다는 사실은, 친구를 그렇게 사랑한다는 사람이 할 일이라고는 믿기지 않는다. 그리고 동시에 놀라운 일이기도 하다. 태산 같은 불신이 처음으로 흔들리기 시작한 것이니까. 그들에게 보내는 문자는 으레 이렇다. "휴… 내 인생은 왜 이럴까…." 친구들은 이제 내 문자에 '휴'와 줄임표만 보였다 하면 엉덩이를 털고 일어서듯 이렇게 말한다. "이제 내가 갈 때가 됐구나." 그러면 나는 득달같이 '휴'를 '와'로 바꾸고 줄임표를 느낌표로 바꾼다. 그가 조금이라도 더 내 곁에 머물기를 바라며. "와! 내 인생은 왜 이럴까!" 우리는 깔깔깔 웃는다.

무소식이 비(悲)소식

언젠가 한 친구가 말했다. "마음속에 꽃밭을 두어야지." 그 말을 하는 친구가 꽃 같아 보여서 허허 웃었지만 사실은 좀 놀랐다. 마음속이 그런 곳이 될 수 있을 거라고 생각해본 적이 없었다. 예를 들어, 나는 오늘 만나기로 한 친구의 전화기가 갑자기 꺼져 있기라도 하면, 즉시 좌불안석이 되었다. 첫 5분 정도는 보통의 사고를 한다. '사고가 났나?', '핸드폰 배터리가 다 됐나?' 하지만 10분 정도만 지나면 놀랍게도 이런 상상을 했다. '나를 만나고 싶지 않아서 잠수를 탄 건 아닐까.' 눈동자는 흔들리고 다리는 떨리고 입술은 마르고 손은 둘 곳을 찾지 못했다. 그리고 내가 친구에게 했던 행동들을 하나하나 되짚어보기 시작했다.

뭐라도 잃어버린 사람처럼 끊임없이 전화를 건다. '전화기가 꺼져 있네….' 이번엔 또 뭘 잘못한 거지. 그때 준 양말이 마음에 안 들었던 게 분명해. 농담이 기분 나빴나. 분명 웃었는데. 초조한 발걸음으로 약속 장소에 도착할 즈음 이것이 잠수 절교이며 내가 모르는 사이 엄청난 잘못을 했다는 확신에 97퍼센트 가까이 도달한다. 마음속에 점만 한 구석, 약 3퍼센트 정도만이, 이것이 아무 의미 없는 해프닝일지도 모르고, 어쩌면 나와 전혀 상관없는 상황일지도 모른다는 실낱같은 희망을 부여잡는다.

바로 그때, 저 멀리서 친구가 반갑게 손을 흔든다. 나는 공기가 없는 곳에 있다가 산소를 되찾은 사람처럼 숨을 몰아쉰다. 혈액이 다시 순환한다. 친구가 싱글벙글 웃으며 달려와 말한다. "오다가 핸드폰 배터리가 다 됐지 뭐야." 내 안의 3퍼센트가 승리를 기뻐하며 방방 뛴다. 97퍼센트는 '이상한 일이군!' 하며 쓴웃음을 짓는다. 나는 말한다. "나 만나기 싫어서 잠수 탄 줄 알았어." 친구는 어처구니없는 농담을 들은 것처럼 웃어버린다. 설마 그럴 리가 있냐고. 그럴 리가 있다. 내 세상에서는.

학창 시절을 회상하면 파란 테이블이 떠오른다. 학교에서는 달마다 평가 테이블이라는 것을 했다. 커다랗고 파란 테이블에 학생들이 둘러앉아 서로에 대해 평가하는 시간이었다. 함께 지내는 학생들이 서로를 평가해보는, 취지 자체는 좋은 프로그램이었다. 보통은 "과제에 조금 더 성실히 임했으면 좋겠어요"나 "지각이 많았어요"나 "저번 발표가 정말 훌륭했어요" 같은 것을 말하는 자리였다. 소위 인기 있는 아이의 차례가 되면 칭찬 세례가 쏟아졌다. "정말 상냥해요", "같이 있으면 기분이 좋아요", "머리 스타일이 예뻐요" 같은 말이 나왔다. 대부분은 귀여운 평가와 애교가 주를 이뤘다. 그런데 내 차례가 오면, 모두가 얼굴을 굳히고 이렇게 말했다. "입에서 나오는 대로 말해요", "예의가 없어요", "제멋대로예요", "부담스러워요", "자꾸 귀찮게 해요", "기분 나쁘게 생겼어요", "불편해요", "시끄러워요". 나와 항상 붙어 다니던 친구마저도, 마치 그 순간에는 어쩔 수 없다는 듯이 얼굴을 굳히며 말했다. "솔직히 좀 개념이 없어요."

선생들은 테이블이 사냥터가 되는 장면을 보면서도 말이 없었다. 누가누가 더 최악의 말을 하나 내기를 하는 것 같았다. 내 얼굴은 곧 터질 것처럼 빨개졌다. 통아저씨 게임처럼 한 명씩 돌아가며 날카로운 칼을 푹 찔러 넣었다. 키득키득 웃으며 내가 언제쯤 튀어 올라 내팽개쳐질지 기다리는 것 같았다. 온몸이 빳빳하게 굳고 시야가 흐려졌다. 결국 참을 수 없어 그곳을 뛰쳐나왔다. 건물 옥상으로 뛰어 올라가 한참 서성였다. 나를 뒤쫓아 오는 사람은 아무도 없었다. 한번 시작된 릴레이는 내가 무슨 행동을 하든 이어졌다. 아이들은 내가 말을 하면 한다고 욕하고, 말을 안 하면 안 한다고 욕했다. 테이블은 달마다 계속되었다.

누군가의 침묵이 소름끼치게 무서워졌다. 나를

향한 시선과 미소를 의심하게 됐다. 그 뒤엔 미지의 마음이 있었다. 대부분의 순간 그것은 덫처럼 보였다. 진실은 숨겨져 있었고, 나는 그 마음을 읽을 수 없었다. 그것은 언제든 튀어나와 나를 할퀴고 멍들게 할 수 있었다. 나는 스스로를 불신하게 되었다. 잘되어가고 있다는 마음이 들면 돌연 의심이 솟았다. 어디서든 최악이 나를 다시 덮칠 수 있었다. 바다를 헤엄치다가 어느새 발에 닿는 것이 아무것도 없다는 것을 깨달을 때처럼. 돌아가기에는 너무 깊은 곳까지 왔다는 것을 알 때처럼.

　잘 지내고 있다가도 와르르 무너졌다. 잠깐의 부재와 두절, 순간의 불친절, 한 번의 무심한 답변, 가벼운 거절에 벌벌 떨었다. 그런 것들의 그림자만 비쳐도 줄행랑을 쳤다. 좋은 추억들이 순식간에 뒤집혔다. 행복했을수록 끔찍해졌다. 언제 어디서 잃어버렸는지 모르는 실핀 하나를 찾듯이 과거로 되돌아갔다. 끝을 알 수 없는 되새김질을 시작했다. 왜 나는 늘 이렇게 쉽게 혼자가 되어 있나 생각했다. 친구들은 내 생각을 증명이라도 하듯 곁을 떠나갔다. 그들은 내게 싫다고 말하는 대신, 상처받았다고 말하는 대신, 부담스럽고 이해할 수 없다고 말하는 대신 말없이 자리를 털고 일어섰다. 무슨 말인가 하려고 옆을 보면 나 혼자 남아 있었다.

내 친구 서도 그랬다. 서는 황무지 같았던 나의 십대 시절에 유일하게 친구라고 부를 수 있었던 몇 안 되는 사람들 중 하나였다. 서와 있을 때 나는 아이처럼 두려운 것이 없어졌다. 나 스스로에 대한 의심이나 외로움을 모두 잊어버리게 하는 둘도 없는 사람이었다. 그런 서에게서 어느 날부턴가 연락이 오지 않았다. 몇 번이고 다시 연락을 하고 손을 뻗어보았지만 서에게서는 전과 같지 않은 반응이 돌아왔다. 나는 활짝 웃던 서의 얼굴을 떠올리며 마음을 다스렸다. '아닐 거야, 이번은 아닐 거야. 서가 나에게 소중한 만큼, 나도 서에게 소중할 거야. 분명 그럴 거야.' 그녀를 믿고 싶었지만 마음속에서는 칼바람이 불고 있었다.

처음엔 연락이 뜸하다고 생각했다. 1년쯤 기다렸을 땐 '무슨 일 있나?' 생각했다. 2년쯤 되자 '내가 뭘 잘못했나?' 싶었다. 다음 해는 '아닐 거야', 그다음 해는 '내가 대체 뭘 잘못했지?' 생각했다. 그다음 3년은 '아무리 잘못했어도 그렇지!', 그 뒤의 3년은 '나도 됐거든' 하고 생각하며 보냈다. 그렇게 10년의 시간이 지난 후에야 이것이 잠수 절교라는 걸 인정할 수 있었다. 무슨 일이 일어났는지 알 수 있었다. 지옥 같은 시간이었다. 버텼을지언정 잊어버리지는 못했다. 서의 얼굴이 떠오를 때마다 가슴이 아팠다. 그러던 어느 날 서와 우연히 마주 앉았다.

　10년 만에 내 앞에 앉은 서는 기억 속 모습 그대로 생글생글 웃고 있었다. 티 없이 맑은 얼굴로 나에게 라면을 끓여주겠다고, 채식을 한다고 들어서 채식 라면을 사 왔다고, 마치 어제 만난 사람처럼 그렇게 말했다. 나는 얼빠진 얼굴로 그녀가 끓여준 라면을 바라보고 있었다. 어쩜 저렇게 태연자약할 수가 있지? 어떻게 이리도 잔인하리만치 뻔뻔할 수가 있지? 그녀는 뻣뻣하게 굳은 내 얼굴을 근심 어린 눈빛으로 살피며 말했다. "아, 김치가 없어서 그러는구나. 어떡하지?" 하마터면 웃음을 터뜨릴 뻔했다. 김치? 지금 그게 문제야? 어느 날부터 연락을 뚝 끊더니 10년 만에 만나서는 김치?

　나는 서가 10년간의 침묵에 대해 말하기만을 기다렸다. 뒤통수에 물음표를 쌓아놓고 입을 꾹 다물었다. 서는 예의 그 다정다감한 말투로 오늘은 어떤 일이 있었는지 미주알고주알 늘어놓았다. 그러더니 나를 향해 빙그레 웃으며 물었다. "다솔이는 어떻게 지내?" 라면의 면발이 퉁퉁 불어서 곧 터질 것 같았다. 나는 서에게 묻고 말았다. "그때 왜 그랬던 거야?"

서는 내 질문을 한참 동안 이해하지 못했다. 내가 연락을 안 했다고? 오히려 나에게 되물었다. 서는 놀라서 말했다. 연락을 하지 않으려 한 적은 없었다고. 연락을 하지 않았다는 생각조차 하지 못했다고, 나와 친구가 아니라는 생각은 해본 적도 없다고. 이따금 하늘을 올려다보며 다솔이는 잘 지내고 있겠지, 생각했다고. 어디선가 뽈뽈거리며 다니고 있을 내 모습이 눈에 선하게 그려졌다고 했다. 말하자면 늘 함께 있다고 느꼈단다. 요컨대 나에게 '텔레파시'를 자주 보냈다고 했다. 너를 생각하고 있고, 우리는 언제나 함께라고. 늘 떠올린 나머지 우리가 연락을 안 한 지가 10년이나 되었다는 사실도 몰랐다고 했다.

내가 '절교'라는 단어를 입에 올렸을 때 서는 헉 소리를 내며 얼굴이 하얗게 질려 말했다. "무슨 소리야. 나는 얼마 전에도 사람들이 널 아냐고 물어보면 절친이라고 아주 잘 안다고 했는데." 맞은편에는 그녀만큼이나 하얗게 질린 내가 앉아 있었다. 도대체 이게 다 무슨 소리란 말인가. 차라리 절교가 맞다고 하면 이해가 쉬울 것 같았다. 녹슬고 빛바랜 고물처럼 느껴졌던 것이 알고 보니 거대한 핑크색 젤리였던 것으로 드러난 기분이었다. 슬프기도 하고 기쁘기도 하고 그야말로 우스꽝스러웠다. 나는 서에게 물었다. "네가 절친이라고 하는 애가 갑자기 한 5년 동안 연락이 없어. 그럼 어때?" 서가 말했다. "별 소식이 없는 걸 보니 잘 지내나 보다?" 몸에서 바람이 빠지듯 웃음이 나왔다.

서는 10년 전 일을 어제처럼 회상했다. "우리 그때 너희 할머니 시골집 내려가서 방바닥에 배 깔고 엎드려서 놀았잖아." 나는 깜짝 놀라서 물었다. "내가 너랑 할머니 집엘 갔어?" 까맣게 잊은 기억이었다. 우리 할머니 집은 충북에 있는 산골로, 가는 길이 험해서 가족들과도 명절에만 찾아가곤 했다. "응. 근데 너희 할머니가 나 있는 거 불편해하셔서 나 다음 날 바로 올라가고." 그녀가 한참을 설명해준 뒤에야 겨우 그 기억을 더듬을 수 있었다. 새삼스럽게 우리가 얼마나 가까웠는지를 실감했다. 그 먼 곳까지 데려갈 만큼 그녀를 사랑했던 모양이다.

서는 나와 함께했던 시간들을 생생하게 기억하고 있었다. 그것은 너무도 소중하고 행복한 이야기로 들렸으며 나와는 전혀 상관없는 이야기로 들렸다. 나에게서는 몽땅 사라진 것들이었다. 그녀는 그림을 그리듯이 내 머릿속에 그 순간들을 불러내주었다. 어딜 걸었고, 무얼 입었고, 뭘 먹으면서 무슨 이야기를 했는지. 그때 참 즐거웠다고, 지금도 종종 그때를 떠올린다고 말해주었다. 그 순간 나는 내가 뭔가 중요한 것을 완벽히 놓치고 있다는 걸 깨달았다. 가장 중요한 것들을 어디엔가 흘려버린 것 같았다. 나는 물었다. "우리가 또 뭘 했어?"

"대상 항상성이 없어서 그런 걸 거예요"라고 나의 상담 선생님은 말했다. 대상 항상성이란, 정서적인 애착을 맺고 있는 상대가 눈에 보이지 않을 때조차 내 마음속에 있다고 믿는 마음이다. 서는 그 사람을 떠올렸을 때 웃음이 나면 친구라고 했다. 상담 선생님이 서를 본다면 대상 항상성이 맥스라고 말할 것 같았다. 나는 그 대척점에 있는 사람이었다. 만나는 순간에도 친구임을 의심했고, 몇 년을 쌓아 올린 우정도 마음속에서 일순간 무너뜨릴 수 있었다. 우리가 어떻게 친구가 됐는지 의문일 지경이었다. 10년 만에 마주 앉은 서와 나는 마치 천국과 지옥의 대표선수들 같았다. 우정이란 이름 앞에서 새삼 아득해졌다. 서의 우정이 어디서나 활짝 피는 들꽃 같다면 나는 황량한 사막에 홀로 남은 선인장 같았다.

생각해보면 친구들과 함께한 대부분의 순간 '함

께 있다'고 느낀 적이 없었다. 언제든 내 옆에 있다고 믿기보다는, 언제든 말없이 떠나갈 수 있다고 믿었다. 나를 싫어하는 마음을 숨기고 있으며, 나를 배신하고, 버리고, 홀로 남겨둘 거라 믿었다. 그리고 동시에, 그렇지 않다고 믿고 싶기도 했다. 그 마음은 밤하늘처럼 넓고 어두운 불신의 바다에서 작은 별처럼 빛났다. 하늘을 올려다보며 친구의 안부를 묻는 마음이 뭔지, 나와 만나지 않을 때의 친구의 일과를 상상하는 마음이 뭔지, 보고 싶은 마음을 텔레파시로 보내고, 그 얼굴을 떠올리면 웃음부터 나는 마음은 어떤 것인지 가늠해보려 했다. 그때마다 친구에게 물었다. "오늘 만나기로 한 친구가 연락을 안 받는데, 설마 잠수 절교는 아니겠지?" 그럼 친구는 말했다. "아닐 거야. 조금만 기다려봐." 나는 친구의 말을 믿기로 한다. 그것은 나 자신을 믿는 일보다 조금은 더 쉽다.

자전거를 타고 바람이 세차게 부는 강을 건넌다. 나는 또다시 답장을 받지 못했다. 마음이 의문과 원망으로 흔들거렸다. 그러다 일순간 마음이 벅차오른다. 순간의 진실이 불어온다. 친구의 침묵이 마음속으로 전달된다. '다솔아, 나는 이제 네가 그런 것에 마음 쓰지 않았으면 좋겠어. 함께라고 믿는 순간에 우리는 함께 있어. 네가 더 좋아하는 일들에 마음을 썼으면 해.' 친구가 하지도 않은 말이, 내 마음속에서 피어난다. 눈시울이 뜨거워진다.

　　나는 항상 싸우고 있구나. 나를 저편에 혼자 두고 세상 모두와 싸우는구나. 나를 공격하지 말라고. 당신들은 불시에 날 무시하고 버리고 배신하고 마구 때리고 떠나지 않았느냐고. 늘 나를 혼자 두지 않았느냐고. 나 혼자 온 힘을 다해 소리치고 있구나. 다른 누구도 아닌 내가 나를 그렇게 혼자 두고 있구나. 참 쓸쓸한 세상에, 나는 살고 있었다. 누군가의 침묵이 내 안을 비출 때 그곳엔 너무도 메마르고 척박한 마음이 있었다. 이곳이라면 누구도 살아낼 수 없을 것 같았다. 꽃밭은커녕 주인 없이 버려져 말라버린 꽃들이 엉망으로 흩날려 있었다. 아무도 없는 버려진 집, 깨져버린 시멘트 바닥, 수신자 없는 텔레파시처럼 외로웠다. 그것을 깨달은 순간 나는 다리 위를 달리며 엉엉 울고 있었다. 가슴이 슬픔으로 일렁였다. 눈물이 비처럼 흘러내렸다. 눈물은 세찬 바람에 방울이 되어 날아갔다. 흐르면 흐를수록 마음이 놀랍도록 시원해졌다.

스투키와 나

스투키가 말했다. "겨울엔 대추탕이래." 찬바람이 휘휘 부는 겨울날이었다. 이어서 그녀는 쪽지를 건넨다. 거기엔 과연, 대추탕을 만드는 방법이 쓰여 있었다. '이걸 어쩌라는 건데' 하는 생각이 들 법도 한데 나는 말없이 고개를 끄덕였다. 그 자리에서 재료들을 바로 주문했다.

며칠 뒤 집에 있는 가장 커다란 냄비를 꺼냈다. 손질한 재료들을 넣고 막 불에 올린 참이었다. 스투키가 현관에서 벨을 눌렀고, 나는 말없이 그녀를 안락한 거실 소파로 안내했다. 그녀는 곧장 소파에 길게 몸을 누였다. 그곳엔 미리 데워놓은 전기장판이 깔려 있었다. 나는 이불을 가져와 어깨까지 잘 덮어주었다. 빼꼼 드러난 스투키의 얼굴에 새로 산 슈렉 팩을 정성스럽게 펴 발랐다. 냄비에서 보글보글 끓는 소리가 들린다. 초록색 팬더 같은 스투키는 포근한 이불을 덮고 세상에서 가장 평온한 얼굴로 잠이 든다.

당시 우리 집은 아주 허름한 상가 건물의 꼭대기 층에 있었다. 지붕은 있었지만 사실상 옥탑방에 가까웠다. 구옥인 데다 커다란 창문이 열 개도 넘게 있어 실내보다는 실외 같았다. 대단히 추웠다. 때로는 바깥보다 집 안이 더 추웠다. 나는 등산용 패딩을 입고 목도리를 두르고 양말을 신고 머리는 산발인 채로 커다란 냄비 안을 휘휘 저어댔다. 꼭 성격 한번 고약한 산속 마녀 같았다. 스투키는 마녀의 집에 끌려온 꼬마 아이 같았고 말이다. 어느새 집 안이 강렬한 향기로 가득 찼다. 달큰하고 찐득한, 이제껏 맡아본 적 없는 요상스러운 냄새였다. 대추 같고 한약 같으면서 동시에 완전히 모르겠는 냄새였다. 냄비 위로 신비롭고 강렬한 아지랑이가 끝없이 피어올랐다. 초록 얼굴을 한 스투키가 내 뒤로 뒤뚱거리며 다가와 까치발을 하고 냄비 안을 들여다보았다. 외투를 벗지도 않은 채였다. "오."

과연 엄청난 것이 끓고 있었다. 대추의 붉은색, 생강의 연노란색, 약재들의 갈색이 오랜 시간 뭉근하게 고아져 신비로운 무언가로 변했다. 붉은색도 아니고 연노란색도 아니고 갈색도 아닌 동시에 그 모든 색이었다. 빛을 받으면 금가루를 뿌린 듯 반짝였다. 계속해서 덜어내도 새로이 용솟음칠 것 같았다. 우주의 심연처럼 깊어 보였다. 이쯤에서 스투키에게 그 쪽지의 출처를 물었어야 할지도 몰랐다. 대신 이렇게 물었다. "이게 맞아?" 스투키는 연신 놀라운 표정으로 냄비 안을 바라보았다. "정말 멋져." 그녀라고 알 리가 없었다. 그것을 그냥 대추탕이라고 부를 순 없을 것 같았다. 내가 봐온 음식 중에 가장 멋지고 위험해

보였다. 꼭 생명체 같았다. 커다랗고 찐득한 방울이 피어오르고 크게 부풀었다가 푸드닥 소리를 내며 터져버렸다. 부글부글 소리가 점점 커졌다. 잔뜩 화가 난 것 같았다. 나는 어쩐지 마음이 급해져 더 빠르게 저었다.

스투키와 나는 그것을 컵에 따랐다. 국자에서 컵으로 떨어질 때 투두두둑 하는 소리가 났다. 그 위에 준비해두었던 잣 세 개를 띄우는 것도 잊지 않았다. 어쨌든 대추탕을 생각했으니까 말이다. 잣은 한번 놓인 자리에서 미동도 하지 않았다. 우리는 컵을 들고 마주 앉아 말없이 잔을 부딪쳤다. 그러고도 컵 안을 들여다보며 한참을 가만히 있었다. 누구도 선뜻 용기를 내지 못했다. 하얗고 선명한 김이 피어오르고 있었다. 내가 먼저 큰 소리로 기합을 넣고 재빠르게 컵을 입에 갖다 댔다. 얼얼한 뜨거움이 입안을 채우더니 끈적한 용암처럼 천천히 식도로 미끄러져 갔다. 그러더니 서서히 그리고 분명히 몸 전체로 뻗어 나갔다. 당장이라도 무슨 일이 일어날 것 같았다. 로켓처럼 발사될 것 같았다. 스투키도 나를 보더니 따라서 목을 뒤로 젖혔다. 그리고 말했다. "엄청나네." 몸이 펄펄 끓는 것처럼 더웠다. 절대 식지 않는 몸이 된 것 같았다. 냄비에 있는 것을 전부 따라서 담아보니 2리

터짜리 유리병 두 개를 가득 채웠다. 우리는 하루에 한 컵씩 그것을 데워먹기로 약속했다.

　스투키가 매일 우리 집으로 퇴근하던 겨울이 있었다. 늦은 밤, 텅 빈 집에서 나 혼자 찌개를 끓이고, 차 우릴 물을 올릴 즈음 그녀는 두툼한 옷을 껴입은 채 뒤뚱거리며 우리 집으로 들어섰다. 현관에 들어서는 스투키의 얼굴은 언제나 여러 번 빨래를 한 티셔츠처럼 늘어져 있었다. 그 모습 그대로 곧장 소파에 드러누워 눈을 감았다. 그러면 나는 솜이불을 덮어주고, 음식이 다 차려지면 그녀를 깨워 밥상에 앉혔다. "음식이 따뜻해." 그녀는 말했다. 밥그릇을 맛있게 비우고 나면 따뜻한 차를 우려주었다. "차가 따듯해." 그녀는 말했다. 그녀가 다시 자리에 드러누우면, 나는 그 위에 다시 솜이불을 덮어주고 설거지를 했다. 집 안을 청소한 뒤 안방에 이부자리를 폈다. 장판을 켜고 자리가 데워지면 말했다. "스투키, 저기 가서 자." 그러면 그녀는 몸을 일으키지도 않고 그대로 소파 밑으로 굴러 내려가 네발로 기어 깔아둔 이불 속으로 쏙 들어갔다. "이불 속이 따뜻해." 그녀는 말했다. 내가 집을 마저 정리하고 방에 들어가면 스투키는 어느새 잠이 들어 있었다.

스투키는 손가락 하나도 까딱하지 않았다. 옷을 벗으면 그 자리에 그대로 두었고 문을 열었다 하면 닫지 않고 불을 켰다 하면 끄지 않았다. 매번 물건을 하나씩 두고 갔다. 우리 집을 수도 없이 드나들어도 무엇이 어디에 있는지 하나도 몰랐다. 만지는 것마다 흘리고 깨뜨리고 부서뜨렸다. 사용하는 언어가 세 음절을 넘기는 경우가 없었다. "멋져", "맛있어", "따뜻해", "좋아", "졸려"가 전부였다. 이 밖의 의사 표현은 거의 "흐응"으로 수렴되었다. 거의 태초의 존재(아기)로 돌아가는 것 같았다. 나는 "가만히 있어 봐, 내가 해줄게"라는 말을 밥 먹듯이 했다. 며칠은 굶은 사람처럼 밥을 먹는 스투키, 기절하듯 곯아떨어진 스투키, 이제야 살겠다는 듯한 노곤한 얼굴의 스투키를 바라보며 '이렇게 바보 식충이여서 이 험난한 세상을 어찌 헤쳐 나가려나…' 생각했다. 문제는 내가 스투키와 언제부터 그리고 어떻게 이런 사이가 된 것인지 전혀 기억이 나지 않는다는 것이었다.

세간의 소문에 따르면 그녀는 굉장히 훌륭한 일꾼이었다. 사람들은 그녀에 대해 '다가가기 어렵다'고 말했다. 똑똑하고 차분하고 현실감각이 뛰어난 리더라고 했다. 그녀가 없으면 회사가 굴러가질 않는다

나. 그때마다 나는 되물었다. 스투키가? 나로서는 귀신 씻나락 까먹는 소리로 들렸다. 매일 소파에 애벌레처럼 늘어져서 내가 부를 때마다 옹알이에 가까운 소리로 대답하고 해주는 밥을 아기 새처럼 받아먹는 스투키가? 나는 가끔 그녀에게 성인 수준의 언어능력이 있다는 것을 잊어버릴 지경이었다. 전화를 걸면 그녀는 말했다. "대추탕", "대추탕 맛있어", "카레. 카레 먹고 싶어".

스투키는 자주 어디론가 떠나곤 했는데, 그녀의 일과 관련이 있는 듯했다. 그럴 땐 문자가 왔다. "나 어디 좀 다녀올게. ○월 ○일에 돌아와. 밥해줘." 그러면 나는 그녀가 돌아오는 날에 제철에 맞는 10첩 반상을 차려놓고 기다렸다. 그녀는 말할 힘도 남지 않았다는 듯한 얼굴로 캐리어를 끌고 들어와서는 밥을 싹싹 긁어 먹었다. "정말 잘 먹었어"라고 말한 뒤 내가 깔아둔 이불에 쏙 들어가 잠에 빠졌다. 다음 날 오후가 되어도 그녀는 일어나지 않았다.

나중에 안 사실이지만 그녀는 유라시아를 횡단하고 돌아온 것이었다. 너무 오래 집을 비워둔 나머지 혼자 집에 돌아가 그곳을 치우고 데우고 밥을 할 자신이 없었다고 했다. 그즈음 그녀는 한 달에 최소 두 번 국내 출장을 가고 여름엔 두 달씩 해외 출장을 다녔다. 그녀가 우리 집에 오지 않는 날은 밤을 새워 일하는 날이었다. 그녀는 회사의 책임자로 일하고 있었고, 너무나 중요한 일들이 그녀의 손에 달려 있었다. 그녀의 삶은 일과 잠으로 요약되어도 좋을 만큼 단조로워 보였다. 일에서 벗어난 스투키는 모든 것이 소진된 얼굴을 했다. 잠에 쫓겨 택시를 타고 출근했고 일에 쫓겨 택시를 타고 집으로 돌아갔다. 그녀의 몸은 한 군데씩 무너지고 무너졌다. 목이 먼저 아프기 시작했다. 고개를 들 수가 없었고, 다음으로 어깨와 등, 허리, 머리가 차례로 고통스럽기 시작했다. 온몸이 망가지고 있었다. 스투키는 몸을 살짝 스치기만 해도 움찔거렸다. 스투키는 어느 날부턴가 우리 집으로 도망치기 시작했다.

지쳐 있는 것은 나도 마찬가지였다. 나는 그즈음 집에서 대부분의 시간을 누워 보냈다. 아무런 생각도 하고 싶지 않았고 아무런 행동도 하고 싶지 않았다. 할 수 있는 일이 아무것도 없다고 느꼈다. 나의 몸은 매일 일정 시간 회사를 왕래했던 것 같다. 그 시간에 영혼이 어디에 가 있었는지는 모르겠다. 해가 뜨면 지하철을 타고 해가 지면 또 지하철을 탔던 기억만이 희미하게 남아 있다. 그 사이의 기억은 텅 비어 있었다. 그것만으로 힘을 다했다는 듯 나머지 기억들은 소각되었다. 어떤 눈빛으로 누구와 어떤 말을 했는지, 하루하루가 어떻게 흘러가는지 기억하지 못했다. 어느 순간부터 삶은 내가 바란 적 없는 거대한 흐름에 그저 쓸려 가고 있었다. 그때 스투키가 나에게 말했다. "오늘 한 끼도 못 먹었어." 마음이 폴짝 뛰어올랐다. "바보야, 밥을 굶으면 어떡해!" 나는 벌떡 일어났다. 벌컥 냉장고 문을 열었다. 온갖 재료를 꺼냈다. 씻고 썰고 볶고 삶아 따듯하고 푸짐한 한 상을 차려냈다. 그즈음 나는 스투키를 기다리며 세수를 하고 집 안 곳곳을 청소하고 이불을 털고 낡은 보일러를 최대한으로 올렸다. 휑한 집 안에 온기가 감돌았다. 스투키에게 밥을 차려주는 것이 내가 할 수 있는 유일한 일이라는 생각이 들었다. 그게 전부라고 해도 괜찮은 것 같았다.

스투키는 말했다. "다솔아 나 입을 옷 좀 줘", "다솔아 바퀴벌레 좀 죽여줘", "다솔아 재밌는 얘기 해줘", "다솔아 도시락 좀 싸줘", "다솔아 노래 좀 불러줘", "다솔아 머리 좀 염색해줘", "다솔아 나 화장 좀 해줘". 그러면 나는 열 일을 제쳐두고 나섰다. 마치 부름을 기다려왔던 사람처럼 일어섰다. 멀리서 두 팔을 벌리고 있는 누군가의 품으로 질주를 하듯 달려

갔다. 스투키가 뭔가를 말하는 순간, 나는 그걸 할 수 있는 사람이 되었다. 그러고 보면 그녀에게서 한 번이라도 미안하다거나 고맙다는 인사를 들은 적이 없었다. 돌아보면 그런 말을 바랐던 적조차 없다. 무엇이든 그저 기꺼이 하고 싶었다. 스투키는 종종 나를 보며 이렇게 말했다. "다솔아, 넌 정말 멋져! 넌 할줄 아는 것도 참 많고, 네 집은 항상 깨끗하고, 따뜻하고, 먹을 것으로 가득 차 있고, 아름답고 풍요로워. 넌 정말 걱정할 것이 없어." 나는 생각한다. 우리는 마치 시소를 타고 있는 것 같다고. 전혀 멋지지 않은 네 앞에서, 내가 완벽히 멋질 수 있는 게 신기하지 않냐고. 네가 없는 우리 집이 얼마나 추운 곳인지 너는 영영 알지 못할 거라고.

모든 것의 공주

그를 소개하자면, 주름버섯 목(目)이다. 전체적인 바이브가 부정할 수 없이 버섯 같다. 그중에서도 매끈하고 큼직하면서도 맹하고 선한 느낌이 딱 새송이다(새송이가 바로 주름버섯 목에 속한다. 생물 분류에 있어 이 경우 엄밀히 말해 진균계에 속하지만 그렇게 간단하지가 않다). 버섯 목이라면 과(科)는 코알라다. 전혀 누구한테 안길 스타일이나 담길 만한 사이즈는 아니지만, 그가 코알라를 닮았다는 것은 부정할 수 없는 사실이기 때문이다. 아, 그리고 그는 공주다. 내가 "공주야, 잘 잤어?" 하고 물으면 그는 "응, 잘 잤어" 하고 대답한다. 언젠가 당신이 주름버섯 목에 코알라 과인 공주를 스쳐 지나가게 된다면, 알아볼 수밖에 없을 것이다.

　　그를 공주라 부르는 순간은 늘 조금 웃겼다. 그가 내가 아는 가장 공주답지 않은 공주였기 때문이다. 그는 공주라기엔 하인이 없었다. 매일 아침 꽃과 드레스로 치장하기는커녕 세수를 한 뒤에 스킨로션도 겨우 챙겨 발랐다. 매일 똑같은 벙벙한 티셔츠에 면바지를 입었으며 사치라고는 "화가 나서 곧장 서점에 가 가지고 읽고 싶었던 책 세 권을 마구 샀어!" 하고 씩씩대는 게 전부였다. 화장기 없는 머리는 귀에 닿을락 말락 짧아서 꼭 소년처럼 보였다. 나이를 가늠할 수 없는 지혜로운 노파 같은 영민한 눈을 갖고 있었고, 어렵고 당혹스러운 일이 있어도 좀처럼 얼굴에 드러나지 않았다. 마치 호들갑 같은 건 5억 년 전쯤에 끝났다는 듯한 얼굴이었다. 그러니까 공주라는 것은 스타일이 아니라 존재 자체의 설명일 뿐이다.

그가 나에게 친구를 가져본 적이 없다고 했을 때 나는 그 말을 믿을 수 없었다. 우리가 처음 만난 날 그에게 없어 보이는 것은 친구보다는 눈썹이었다. 본래 눈썹이 있어야 한다고 믿어지는 자리가 털 한 터럭 없이 매끈했다. "한번 밀어봤어요." 그는 말했다. 나는 눈썹이 없는 사람도 친구가 없는 사람도 처음이라 당황스러웠지만 눈썹이 없는 것이 그에게 썩 잘 어울린다고 느꼈다.

그와 함께 공주풍으로 꾸며진 카페에서 케이크와 밀크티를 주문했다. 잠시 후 앙증맞은 포크와 예쁜 접시에 담긴 케이크와 밀크티가 나오자 그는 지금 보고 있는 것을 믿을 수 없다는 듯이 놀랐다. 눈썹이 없는지라 정말 놀랐는지는 확신할 수 없으나 동공이 눈에 띄게 흔들렸던 것으로 미루어 짐작했다. 볕이 좋은 오후였다. 우리는 야외 테라스에 앉아 거리의 사람들을 바라보며 이런저런 이야기를 나누고 있었다. 그는 말했다. "내가 이렇게 예쁜 카페에 앉아 한가롭게 밀크티와 케이크를 시켜 먹고 있다니!" 카페에서 차 한잔을 하는 게 자신은 결코 누릴 수 없는 호사라는 듯이, 내가 베네치아를 여행하다 우연히 세계 최고의 유리공예 장인을 만나 유리공예를 배우게 되었을 때의 얼굴을 했다.

그와 나는 척 보기에도 친구가 될 수 없을 것 같았다. 아무리 사이좋게 걸어간다고 해도 아무도 우리를 친구로 보지 않을 것 같았다. 그가 짧은 머리에 티셔츠와 반바지 차림이라면 나는 쨍한 다홍빛 드레스에 긴 생머리를 늘어뜨리고 있었다. 그의 수수한 맨얼굴이 눈썹도 없고 표정도 없는 동안 풀 메이크업을 한 내 얼굴은 쉴새없이 감정을 넘치게 담아냈다. 내가 우렁찬 목소리로 팔을 이리저리 휘저으며 긴 이야기를 늘어놓는 동안 그는 거의 들리지 않는 목소리로 대답하거나 소리 없이 웃거나 고개를 끄덕였다. 그러니까 그를 두 번째 만났을 때 그가 나를 먼지 한 톨 없는, 모든 것이 종과 횡으로 정확하게 정렬된 그의 집에 초대해서 세 명의—그는 동물을 '명'으로 센다—전혀 다른 모양새의 고양이 선생님들과 인사를 시킨 뒤 그대로 책장 앞으로 데려가 맹세하건대 스케치북

만큼 크고 성경보다 두꺼운 개미와 꿀벌에 대한 책들을 열정적으로 자랑할 때쯤엔 더더욱 그와 친구가 될 수 없을 거라고 생각했다. 그러면서도 동시에 태어나기 전부터 그를 알고 있었던 것 같은 묘한 기분이 들었다.

그는 등록금이 없어서 대학원을 자퇴해야만 했을 때 학교 도서관에서 가지고 나온 책들을 보여주었다. 나는 훔치는 걸 좋아해서 웬만해서는 나무랄 생각도 없었지만, 그 책들을 훔칠 만한 사람이 그 말고는 없었을 거라는 것도 자신할 수 있었다(오히려 학교의 짐을 덜어준 것으로 보였다). 그의 팔목 안쪽에는 귀여운 구름 모양의 타투가 있었는데 그것이 외국의 대단한 곤충학자—그는 자다가 일어나도 그 이름을 정확히 발음할 것이다—가 곤충 세계에 있는 대칭적 모양들을 연구한 끝에 발견한 해파리의 세포 전개도라는 것을 설명할 때의 그 안광이란. 그것이 충격적으로 아름다워 알게 된 그날 바로 몸에 새겨 넣을 수밖에 별도리가 없었으며 그게 무엇인지 알아보는 사람은 지금껏 아무도 없었고—당연한 일이다—이 사실을 말하는 것 또한 처음이라고 그는 나에게 털어놓고 있었다. 그런 엄청난 사실을 가만히 있다 듣게

된 나는 그 곤충학자의 이름을 기억하려고 부단히 애썼으나 성공하지 못했고 지금까지 다섯 번인가를 되물어봤다.

"개미가 서로 춤추면서 얘기하는 거 알아?" 그녀는 손가락을 휘휘 돌리다가 엉덩이를 덩실덩실 흔들었다. 당연히 몰랐고 몰라도 되는 줄 알았다. 그가 개미에 대해 얘기할 때의 얼굴을 '환희'라는 단어의 사전적 정의에 넣고 싶다. 그를 만나고부터 나에게 개미라는 단어가 가지는 의미는 완전히 달라졌다. 나는 다른 종에 대해 그토록 오래 말하는 사람을 본 적이 없었다. 인간사, 인간 세상을 벗어난 이야기를 그토록 열정적으로 설명하는 사람을 처음 보았다. 마치 먼 옛날부터 대대로 친구였던 가문에 대해 말하는 것 같았다. 그가 개미에 대해 말하면 말할수록 지구에서 개미란 존재가 선명해져가는 느낌이었다. 길에서 개미를 마주치면 반갑기까지 했다. "안녕, 공주한테 얘기 많이 들었어" 하고 말을 걸고 싶어졌다. 내가 사랑하는 친구가 사랑하는 친구였기 때문이다.

어느 날 나는 여느 때처럼 그에게 하소연을 늘어놓기 시작했다. 내가 얼마나 무능력하고 어리석은지, 내 인생이 얼마나 불행하고 개미 한 마리 찾아볼 수 없을 만큼 고독한지 줄줄이 한탄했다. 그와 내가 친구가 됐다는 증거였다. 하소연 따위는 들어본 적도 해본 적도 없으며 고난은 늘 알아서 해결해왔던 그는 줄줄이 이어지는 나의 슬픔 앞에서 시종일관 어쩔 줄 몰랐다. 입을 뗐다가도 아무 말도 못 하고 다시 다물기를 반복했다. 그는 위로를 하려고 시도하고 있었다. 붕어처럼 입을 뻐끔거리던 그가 이내 속삭였다.

"비밀인데… 사실 나는 공주 개미야."

그는 아주 어릴 적부터 자신을 공주 개미라고 생각해왔다고 했다. 이 공주는 우리가 흔히 생각하는 풍족한 삶을 누리는 부유한 왕족이 아니다. 말이 공주일 뿐이지 대표 일꾼에 가깝다. 수백만 마리의 일개미들의 운명을 짊어진 공주 개미의 책임은 실로 막중하다. 집단의 우두머리가 되기 위해 다양한 의무를 수행하며, 그야말로 등골이 빠지도록 일한다. 감당할 수 없는 일들이 닥칠 때마다 그는 자신이 공주 개미이고, 개미들의 여왕이 될 운명을 타고났다고 믿었다. 내 앞에 닥친 일은 나만의 문제가 아니라 공주로서의 의무이며 전 백성의 안위가 달린 문제라고 되뇌었다. 그러면 아무리 어렵고 불행한 일도 조금은 견뎌낼 힘이 생겼다고 했다. 그 말을 듣고 나는 조용히 동공이 확장되는 것을 느꼈다. 이토록 이상하고 아름다운 위로는 처음이었다.

　나는 이따금 그가 살아온 과거에 대해 들을 때마다 말할 수 없이 아득해졌다. 그가 헤쳐온 역경들을 듣고 있으면 그를 생존자라 불러 마땅하다는 생각이 들었다. 그는 내가 영화와 가상의 이야기 속에서 질리도록 보아온 고난의 클리셰 그 자체였다. 그가 무언가를 증오하기보다 사랑하고 있다는 것이 놀랍게만 느껴졌다.

　그런 그는 언젠가 이 세상의 동물들이 사는 모습이 자신과 별로 다르지 않다는 것을 알게 되었다. 좁은 우리에서 태어나, 한 번도 하늘을 보지 못하고, 어둠에 갇힌 채 강간당하고, 구타당하고, 자식을 빼앗기고, 탈진할 때까지 알을 낳고, 언제든 도살당하는 삶들이 세상에는 아주 많았다. 누구도 그렇게 살아서는 안 된다고 느꼈다. 동물도 그랬고, 자신도 마찬가지였다. 공주는 그들을 위해 살기로 했다. 그들을 살리기 위해 삶을 연장했다. 그들을 자신의 백성으로 삼았다. '나를 가져가서 쓰세요.' 그는 그렇게 말하는 것 같았다. 불행을 너무도 잘 알아서, 위태로운 생을 너무 잘 알아서, 약하고 맑은 것들의 눈빛을 너무 잘 알아서. 그는 그 모든 것의 공주가 되기로 마음먹은 것 같았다.

그의 얼굴에는 많은 생이 살았다. 소도 살고 돼지도 살고 닭도 살고 버섯도 살고 개미도 살았다. 그는 그들의 산 얼굴을 보았고 죽은 얼굴도 보았다. 그들은 어느 날 무참히 죽임당했고 병들어갔으며 살기 위해 몸부림쳤다. 그들의 울음, 그들의 아름다움이 그 얼굴에 있었다. 그 많은 것을 담은 얼굴이 죽고 싶다고 말했다. 그는 많은 순간 살기보다는 죽고 싶었다. 그렇게나 많은 존재들을 자신처럼 사랑하면서, 그렇게나 많은 백성을 두고서, 자주 죽고 싶다고 말했다. 그가 죽으면 얼마나 많은 것들이 함께 죽게 될까. 그가 죽는 순간 어떤 세상이 영영 죽어버릴 것 같았다. 그가 얼마나 커다란 세계의 공주인지, 그것을 다 설명할 길이 없었다. 나는 다만 일어나, 춤을 추기 시작했다.

빗의 속도

그 언덕을 오를 때는 차 안에서도 하늘을 볼 수 있었다. 언덕은 절벽처럼 솟아 있었고, 어떤 엔진을 가진 차든 겸손도 교만도 없이 풀 액셀을 밟아야 했다. 눈이나 비가 내리면 차를 돌려야 했다. 가장 높은 곳에 다다랐을 때는 나도 모르게 신음이 새어 나왔다. 내장이 위로 올라갔다가 아래로 쿵 떨어지는 느낌이 들었다. 온몸의 무게가 등 쪽으로 쏠려 바닥과 수평으로 포개질 것만 같다. 이대로 발라당 뒤집혀 저 아래로 굴러떨어질 것 같다. 그 순간 눈앞에 별이 반짝하고 빛난다. 아찔하고 아름다워 눈을 질끈 감는다.

다음 순간 눈을 뜨면 모든 것이 제자리로 돌아와 있었다. 다시 하늘은 위에 땅은 아래에 있었고 옆으로 건물과 사람들이 보였다. 그 언덕을 넘을 때면 용기가 필요했다. 눈앞이 밤하늘로 가득 차는 순간만큼은 늘 정말 죽을 수도 있겠다는 생각이 들었기 때문이다. 그전에도, 그 전전에도 그 언덕을 잘 넘어왔다는 기억을 매번 잊었다. 그럼에도 나는 몇 번이고 그 언덕 앞에 섰다. 언덕 너머에는 스투키가 살았다.

그러고 보면 걔는 꼭 언덕배기에 살았다. 걔를 만나러 갈 때면 늘 크고 작은 고비를 넘어야 했다. 가파르다, 조금 더 가파르다, 아주 가파르다는 차이만 있었다. 스투키는 마치 높은 성에 사는 라푼젤 같았다. 다만 머리가 짧아서 밧줄로 내어줄 수는 없는 라푼젤이었다. 언덕 꼭대기에서 택시가 멈추어 섰다. 내 덩치만 한 가방 세 개가 마트료시카 인형처럼 어둠 속에 나란히 섰다. 택시비로 만 얼마를 치른다. 집에서 겨우 20분인가를 왔을 뿐이다. 시간은 자정에 가까워져 있었다. 실내복 차림에 얇은 겉옷을 여민 채 나를 기다리고 있던 스투키가 총총 다가온다. 말없이 나를 폭 안는다. 나는 말한다. "다 가져왔어."

내가 스투키의 집에 온 이유는 숨이 쉬어지지 않아서였다. 나는 커다란 상실을 통과하고 있었다. 행복한 기억으로 가득했던 집은 가장 끔찍한 공간이 되어 있었다. 침대에서, 식탁에서, 거실에서 나는 오열했다. 그곳에 있는 것만으로도 가슴이 타들어가는 것 같았다. 흘러내리는 눈물을 휴지로 닦다가 수건으로 닦다가 아예 샤워 가운을 입고 울었다. 눈이 떠지지 않을 때까지 울고 실성한 사람처럼 소리를 질렀다. 잠도 자지 않았고 먹지도 않았다. 며칠 만에 살이 쪽 빠졌다. 어떤 상실은 실체가 있다는 걸 알게 되었다. 그 무게는 4킬로그램이었다.

가장 놀란 것은 친구들이었다. 친구들은 그전까지 내가 우는 것을 한 번도 본 적이 없었다. 대식가

인 내가 밥상을 앞에 두고 꿈쩍도 하지 않는 모습을 본 적이 없었다. 친구들이 보초를 서듯이 돌아가며 내 옆을 지켰다. 강아지에게 하듯이 나를 먹이고 산책시켰다. 그러다가도 그들이 잠깐 자리를 비우면 바로 숨을 쉬는 것이 어려워졌다. 길모퉁이에 주저앉아서 누군가 올 때까지 귀를 막고 있었다. 한 해의 가장 찬란한 날씨가 이어지는 날들이었다. 따사로운 볕이 몸에 닿을 때마다 저주스러웠다. 삶의 날씨는 마음에 있다는 것을 절절히 깨달았다. 스투키가 들썩거리는 내 등을 쓰다듬으며 말했다. "내가 해줄 수 있는 게 아무것도 없네." 그건 스투키가 아니라 누구라도 그랬다. 상실이란 그랬다.

어느 날 밤 부엌에서 울고 있는데 스투키에게 전화가 왔다. "우리 집에 와 있을래? 너만 괜찮으면." 나는 대답 대신 울면서 고개를 세차게 끄덕였다. 스투키는 고개가 흔들리는 소리를 들었을까. "찻상도 가져와." 그녀는 말했다. 전화를 끊자마자 닥치는 대로 물건들을 챙겼다. 속옷과 잠옷과 모자, 칫솔, 로션과 선글라스를 한데 던져 넣었다. 찻주전자와 온갖 다기들을 눈물 젖은 수건에 꼼꼼히 쌌다. 차 항아리에서 찻잎을 한 주먹씩 꺼내 담았다. 그리고 몇 년 동안 한 번도 자리에서 옮겨진 적이 없는 묵직한 찻상을 들어 올렸다.

　　자정이 넘은 시간에 이민 짐가방만큼 많은 짐을 들고 나타난 손님은 따뜻한 환영을 받았다. 스투키의 집은 운동장만 했다. 실례가 될 정도로 많은 짐을 끌고 왔다고 생각했는데, 늘 짐이 많은 내 쪽이 문제라고 생각했는데, 널찍한 집 안에서 내 짐은 아무런 문제가 되지 않았다. 숨통이 트이는 기분이었다. 스투키의 동거인과는 첫 만남이었다. 나는 허리를 숙여 공손히 인사를 한 뒤에 그를 덥석 끌어안았다. 그리고 그를 놓아주고 핸드폰을 보며 이렇게 말했다. "그라찌에 밀레 뻬르 아베르미 인비따또(저를 초대해주셔서 정말 감사합니다). 피아체레 몰또 디 꼬노셰르떠(만나서 정말 반갑습니다). 미 치아모 다솔(저는 다솔입니다). 쏘노 몰또 펠리체 디 에쎄레 뀌 꼰 보이(저는 당신들과 여기에 있어 정말 기쁩니다)."

　　그는 호탕하게 웃으며 내 등을 쓸어주었다. "환영해. 네 집처럼 지내." 스투키는 눈이 커져선 까르르 웃었다. "언제 그런 걸 다 준비했어." 택시를 타고 오는 길에 이탈리아에서 공부했던 친구에게 이 말들을 번역해달라고 부탁했다. 나는 마지막 말을 한 번 더 말했다. "쏘노 몰또, 펠리체 디 에쎄레, 뀌 꼰 보이."

집 안에는 은은한 조명들이 군데군데 켜져 있었고 달큰한 캔들 냄새가 났다. 빨간 벽돌로 둘러진 벽난로에서 불이 탁탁 소리를 내며 타오르고 있었고 옆에는 장작들이 가지런히 쌓여 있었다. 그 온기에 굳었던 몸이 녹아내리는 것 같았다. 거실 창문으로는 도시의 야경이 한눈에 내려다보였다. 언덕을 올라온 보람이 있었다. 나는 가장 목이 좋은 곳에 찻상을 내려놓았다. 수건에 칭칭 감아온 다기들을 하나씩 꺼내놓았다. 그러는 동안 스투키는 물을 올렸다. 뜨거운 물을 부어 다기에 묻은 콧물과 눈물을 씻어냈다.

찻상 위에 찻주전자와 찻잔들을 가지런히 늘어놓고 보니, 꼭 집에 있는 것 같은 기분이 들었다. 처음 와보는 낯선 공간에 가장 익숙한 풍경이 살포시 겹쳐졌다. 찻상이 없으면 내가 진정으로 쉴 수 없다는 것을 스투키는 알고 있던 것이다. 스투키는 얼마 전에 지금의 동거인과 함께 살기 시작했고, 그녀가 혼자만의 공간이 아닌 곳에 누군가를 쉽게 들이지 않는다는 것을 나는 알고 있었다. 스투키는 동거인에게 이렇게 말했다고 한다. "다솔이도 내가 힘들 적에 나한테 그렇게 해줬어."

나는 차를 내리기 시작했다. 도시의 새벽이 한눈에 내려다보였다.

"생애 첫 출장 찻집이네."

"야경 보면서 마시니까 더 맛있다."

스투키의 동거인은 우리 옆에서 위스키를 마시고 시가를 피웠다.

한바탕 차를 우려 마시고 스투키가 자는 건너편 방에 짐을 풀었다. 그곳에는 벌써 보기만 해도 포근한 이부자리가 내가 눕기만을 기다리고 있었다. 그녀가 옛날부터 쓰던 요와 이불이었다. 그녀는 말했다. "안 버리고 갖고 있길 정말 잘했어."

깨끗하게 샤워를 마치고 두툼하고 부드러운 이불 속으로 쏙 들어갔다. 스투키는 나에게 인형을 하나 쥐여주었다. 이야기 들어주는 원시인 인형이었다. 온몸이 부숭부숭한 갈색 털로 뒤덮여 한참 털을 헤집어야 그 속에 파묻힌 작은 눈과 코와 입을 찾을 수 있는 말도 안 되는 인형이었다. 몇 년 전에 자꾸 악몽을 꾸던 스투키에게 내가 선물했던 것이었다. "이 하찮은 얼굴을 옆에 두고 어떻게 나쁜 꿈을 꿀 수 있겠어?" 인형을 건네며 털을 헤집어 그 얼굴을 찾아 보여줬을 때 그녀가 한참을 웃었던 기억이 난다. 스투키가 말했다. "잠깐 빌려줄게. 얘가 잠들 때까지 네 옆에 있어 줄 거야."

나는 스투키가 누우라고 하면 누웠다. 눈을 감으라면 감았다. 먹으라 하면 싹싹 비웠고 물을 받아주면 몸을 담그고 있었다. 나는 기꺼이 자아를 반납했다. 우리는 먼 나라로 여행을 온 사람처럼 행동했다. 해야 하는 일이나 하루 일과 같은 것을 잊은 것처럼 굴었다. 쪼르르 언덕을 내려가 맛있는 점심을 먹었고, 햇볕을 쬐고, 긴 산책을 했다. 집에 돌아오면 찻상에 앉아서 밖을 내려다보며 오래오래 차를 마셨다. 그러다 보면 어느새 날이 저물고 있었다. 우리는 빨간 해가 지평선 너머로 사라지는 것을 매일같이 지켜보았다. 밤이 내리면 스투키는 욕조에 따듯한 물을 채워주었고, 거실에 있는 커다란 스피커로 내가 좋아하는 프란츠 리스트의 곡을 집 안 가득 울리도록 틀어주었다. 나는 욕실 문을 활짝 열어두고 욕조에 누운 채 눈을 감았다. 그러면 꼭 그 선율에 몸을 담그고 있는 것 같았다. 많은 걸 잊었다. 내가 누구이며 어디에서 무엇을 하고 있는지 한없이 무뎌졌다. 내가 어떻게 생겼었는지조차 까먹을 것 같았다. 스투키에게 여기가 천국이냐고 물었다. 가능하다면 스투키가 나에게 새로운 이름을 지어주었으면 했다.

그런 하루를 보내고도, 늦은 밤이면 나는 방에 들어가서 울기 시작했다. 어깨를 들썩이며, 가슴을 내리치며 통곡했다. 슬픔이 폭포처럼 쏟아지도록, 마음의 절벽이 무너지도록 두었다. 스투키는 방문을 열어젖히고 나에게 다가와 가만히 등을 쓸어주었다. 그녀의 무릎에 얼굴을 묻고 옷자락이 흥건해지도록 한참을 울었다. 내가 다시 잘 살아갈 수 있겠느냐고 몇십 번을 되물었다. 스투키는 매번 "그럼, 그럼" 하고 답했다.

그런 밤이면 스투키는 빗을 들고 왔다. 빗살이 촘촘하고 손잡이가 두툼해서 기분 좋게 손에 감기는 빗이었다. 스투키는 우선 나를 푹신한 이불에 눕히고서 어깨까지 이불을 덮어주었다. 불을 끄고 향이 좋은 초를 밝혔다. 스투키의 둥근 그림자가 천장에 일렁였다. 스투키는 내 머리맡에 앉아서 눈물로 잔뜩 얼룩진 얼굴에 달라붙은 머리카락을 한 올도 빠짐없이 넘겨주었다. 그리고 머리를 빗기 시작했다. 우선 머리끝에 엉킨 부분들부터 조심스럽게 풀어내야 했다. 아무렇게나 뭉쳐진 머리카락을 스륵스륵 한 올 한 올 제자리로 돌려놓았다. 빗이 중간중간 걸리는 일이 줄어들자 조금씩 위로 올라갔다. 새털처럼 보드라운 손길이 위에서 아래로 부드럽게 미끄러져 내려갔다. 사라락 스르륵 사라락. 숲에서 나뭇잎이 바람에 나부끼는 소리. 따뜻하고 잔잔한 파도 같은 소리가 밀려오고 밀려갔다. 내 머리는 어느새 피아노의 건반처럼 매끄러워졌다. 달빛에 비쳐 서늘하게 반들 거렸다. 나는 눈가에 물이 마르지도 않은 채 푸드덕 웃어버렸다. 지금 이 순간 전 지구를 통틀어 누군가 의 머리를 이토록 정성스럽게 빗고 있는 존재는 스투 키가 유일할 것 같아서.

밤마다 스투키의 옷자락을 붙잡고 말했다. "머리 빗겨줘." 그러면 스투키는 빗이 되고 나는 가장 영광스러운 머리카락이 되었다. 어둠 속에서 미세하고 규칙적인 소리가 숨결을 따라 흘렀다. 그 손길은 처음과 끝을 자꾸만 부드럽게 이었다. 엉킨 것들은 곧 빗겨져 나갔다. 굳은 것들은 풀어졌고 거친 것들은 잠들었다. 모두 조용히 제자리로 돌아갔다. 시원하고 간지럽고 포근해졌다. 스투키는 밤이 단단히 영글 때까지, 오래오래 거기 있었다. 내 눈가가 부드럽게 마를 때까지. 거칠었던 숨이 잦아들고 배가 규칙적으로 오르내릴 때까지. 묻고 싶은 것과 듣고 싶은 것이 사라질 때까지. 그러고 조용히 일어나 방을 나섰다. 나는 선잠이 든 채 공기가 움직이는 것을 느꼈다.

상실은 빗의 속도로 흘러간다는 것을 알게 되었다. 날이 갈수록 반들반들 빛나는 머리카락을 하고,

나는 절벽 같은 언덕을 넘었다. 어제는 스투키의 촘촘한 빗살 사이로 흘러갔다. 어떤 서두름도 없이, 아다지오와 안단테의 속도로. 그러다 문득, 나는 다시 잘 살아갈 수 있을 거라는 생각을 했다. 스투키가 그렇게 말했으니까. 그럼에도 다시 새로운 언덕 앞에 서게 될 것임을 안다. 언젠가 그 언덕을 넘었었다는 사실조차 잊을 것임을 안다. 모든 것이 손쓸 수 없이 엉켜버릴 수도 있음을 안다. 새로 찾아올 밤에는 머리를 빗겨주는 스투키가 없을 수도 있다는 것도. 이 세상을 통틀어 유일한 나의 스투키. 달빛 아래 이어지던 기나긴 연주. 윤이 나는 머리카락과 통통한 빗, 자그마한 손, 파도와 나뭇잎 소리. 그럼, 이라고 대답하던 목소리. 새털같이 내려앉던 손길과 푸드덕 터뜨린 웃음. 스투키가 만들어내던 공기. 어쩌면 그것조차 나는 잊을는지도 모른다.

보름간의 별거

살면서 가장 끔찍했던 일은 섬에서 고양이를 잃어버렸던 일이다. 아마 고양이에게도 마찬가지일 것이다. 반려인을 잘못 만난 탓에 팔자에도 없는 비행을 하고 낯선 섬에서 길을 잃었으니 말이다. 아직도 나는 내가 고양이 둘을 데리고 섬에 가려고 했다는 사실이 믿기지 않는다. 고양이들은 자기들 앞에 닥칠 운명을 모르고 있었고, 나는 공항에 가기 전부터 식은땀을 줄줄 흘리고 있었다. 항공법상 한 사람 앞에 두 생명을 데려갈 수는 없어서, 나는 하나는 기내에 데리고 타고 하나는 화물칸에 보내는 끔찍한 선택을 내려야 했다. 나는 이럴 때 나를 도와줄 사람 하나 없다는 사실을 저주하면서, 나이도 한 살 더 많고 누가 봐도 현명하고 대담한 암컷인 새벽이에게 화물칸을 부탁해야만 했다. 그녀가 총명하고 배포가 크다는 사실에 모든 것을 의지했다. 미리는 용맹한 수컷과는 거리가 멀었다. 컵 하나만 떨어져도 줄행랑을 쳤다. 집에 낯선 사람이 오면 죽은 척도 아니고 없는 척을 해서 모두가 우리 집에 고양이는 하나뿐이라고 믿게 했다.

예상대로 비행기에 탄 미리가 괴성을 지르며 종이로 된 허술하기 짝이 없는 기내용 이동장을 찢고 나오는 데는 단 10분이 걸렸다. 비행 시간은 50분이나 남아 있었다. 나는 머리가 뱅뱅 도는 기분이었고, 미리가 발톱을 세우며 내 옆에 앉은 중년 남성 승객의 정장 바지를 암벽 등반 선수처럼 타고 오를 때쯤에는 정신이 아득해지는 것을 느꼈다. 어디선가 아기 울음소리가 사이렌처럼 울려 퍼졌고 나는 염불을 외듯이 죄송하다는 말을 반복했다. 고양이들한테 하는 말인지 옆자리 사람한테 하는 말인지 나도 알 수 없었다.

당시에 나는 제주의 한 히피 건축가에게 가구 만드는 법을 배우기 위해 단기 이주를 결정했고—나도 이 말이 얼마나 말도 안 되는 문장인지 알고 있다—고양이 둘을 혼자 데리고 비행기에 타는 것은 인간에게도 고양이에게도 해서는 안 되는 일이라는 중요한 교훈을 막 얻은 참이었다. 히피 건축가는 자신이 짓다 만 집에 살고 있었다. 정확히는 아주 천천히 짓고 있는 집이라고 해야 할 것이다. 천장과 벽만 겨우 세워져 있는 집을 시간이 날 때마다 틈틈이 짓고 있었다. 아무튼 그 집에는 문이 없었다(어떤 집에 문을 달았다는 것은 그 집을 다 지었다는 뜻이다). 나는 그 집에서 적어도 6개월간 머물기로 되어 있었고, 혼자 키우던 고양이를 돌봐줄 사람이 없었기에 함께 이주하기로 했다. 여러모로 마뜩잖은 결정이었지만 고양이의 운명은 어느 정도 반려인의 운명을 따를 수밖에 없었다. 히피 건축가는 문이 없는 집을 개의치 않은 것과 마찬가지로 나의 고양이들을 개의치 않았다. 그저 내가 필요 없는 것을 주렁주렁 달고 왔다는 듯 빙글빙글 웃으며 "없애줄까?" 하고 말할 뿐이었다. 그 말은 사실 고양이들을 제주의 들판으로 방생함으로써 나를 자유롭게 해주겠다는 뜻이었는데, 나는 완강하게 고개를 한 번 젓는 것으로 답을 대신했다. 내가 그의 집에 문이 없다는 사실을 몰랐던 것처럼 그도 마찬가지로 중요한 사실을 모르고 있었다. 내가 고양이들을 순전히 나 때문에 데려왔다는 사실이었다.

섬에 도착한 그날로 새벽이는 문 없는 집을 나갔다. 드넓은 논밭 한가운데 덩그러니 놓인 그 집을 뛰쳐나가 돌아오지 않았다. 나는 집 구석구석을 샅샅이 뒤지다가 그제야 세상과 이 집을 경계 짓는 것이 없다는 사실을 깨달았다. 모험심 강하고 대담한 새벽이라면 문이 없는 곳을 떠나지 않을 리가 없었다. 겁이 많은 미리는 방 한구석에 처박혀 없는 척을 하고 있었다. 없는 것으로 나를 원망하고 있었다. 뒤통수를 세게 얻어맞은 것처럼 얼얼했다. 벌을 받은 것이었다. 그 사건은 내가 가지고 있던 가장 큰 두려움을 들춰냈다. 그들이 나를 선택한 적이 없다는 것, 그들이 진정으로 원하는 것을 내가 모른다는 사실이었다. 하루 종일 집 주변을 뱅글뱅글 돌았다. 온몸에 식은땀이 나기 시작했다. 고양이는 익숙한 냄새를 찾아서 집으로 돌아오는데 그날 처음 도착한 고양이에게 그곳은 어디도 낯선 곳일 뿐이었다. 히피 건축가는 비죽비죽 웃으며 드디어 고양이가 자연의 품으로, 그 자신이 진정으로 가야 할 길을 갔다고 했다. 그의 말대로 새벽이가 자유를 원했다면 그만한 기회는 없었을 터였다.

다음 날 섬에는 장대비가 쏟아졌다. 빗소리가 돌처럼 쿵쾅거렸다. 나는 식음을 전폐하고 종일 창문만 바라보았다. 새벽이가 그곳 어딘가에서 비바람을 맞으며 헤매고 있다고 생각하면 가슴이 천 갈래로 찢어지는 기분이었다. 창문을 때리는 빗줄기를 바라보며 울기만 했다. 그러다가도 마치 아무 일도 없었던 것처럼 태연하게 굴었다. 어느 순간 새벽이가 떠나지도 않았던 것처럼 다시 돌아와 있을지도 모른다고 믿고 싶었던 것이다. 그가 내 삶에 나타났던 때와 같이. 나는 작은 소리에도 흠칫 놀라며 뒤를 돌아보았다.

일주일쯤 지나자 고양이가 정말 사라졌다는 사실을 실감하기 시작했다. 거울 속 내 모습이 산송장 같아 보였다. 히피 건축가는 며칠은 "한 마리 남았네" 하면서 실실거리다가 어느 순간부터 입을 다물었다.

나는 인터넷에서 잃어버린 고양이를 찾아준다는 고양이 탐정을 찾아 전화를 걸었다. 고양이 탐정은 한 만화에 등장했던 직업으로, 그 능력을 보장할 자격이나 증명 따위는 없었다. 그저 허무맹랑한 소리에 가까웠다. 나는 출장비 50만 원과 제주도 비행기 삯을 주겠으니, 얼마라도 더 주겠으니 와서 고양이를 찾아 달라고 했다. 스스로를 고양이 탐정이라고 자처하는 젊은 남자는 내가 섬에 있다는 얘기를 듣자마자 바로 흥미를 잃었다. 그리고 집 주변이 논과 들판이라고 하자 들릴 듯 말 듯하게 웃었다. 몸을 은신할 곳이 없으니 분명 멀리 갔을 거라고 했다. 고양이는 하루에도 최대 5킬로미터씩 움직이고, 그 방향은 어디라도 될 수 있으니, 일주일이면 벌써 근방 25킬로미터까지 이동했을 거라고 했다. 찾을 방법은 없다며 전화를 끊어버렸다.

나는 낮이면 넋이 나가 있다가 밤마다 정처 없이 동네를 떠돌았다. 유령처럼 새벽을 부유했다. 이따금 나타났다 사라지는 전조등 외에는 길을 밝히는 것은 아무것도 없었다. 차들은 한적한 시골 도로를 위협적인 속도로 지나갔다. 나는 아무것도 보이지 않는 시커먼 시골의 어둠 속에서 밭이고 논이고 도로고 겁도 없이 들어가서 새벽이를 불렀다. 미안하다고 소리쳤다. 동이 틀 때쯤 빈손으로 돌아와 새벽이에게 보내는 장문의 편지를 쓰고 나서야 잠이 들었다. 미안하다고, 잘못했다고, 다시 한번 기회를 달라는 내용이었다.

약속에 나가기 위해 분주히 단장하고 있는데 친구에게서 메시지가 왔다. "니네 집 앞 놀이터에 웬 상자가 있어." 무슨 소린가 싶어 밖에 나가보니 아파트 단지 안 놀이터 구석에 정말 상자가 있었다. "열어보세요"라고 적힌 신발 상자. 상자를 열었다. 그 안에 수건에 싸여 눈도 뜨지 못하는 너무나도 작은 고양이가 있었다. 눈처럼 하얗고, 재처럼 까만 무늬가 있는 고양이였다. 그는 갑작스러운 빛에 잠에서 깼는지 작은 눈을 뻐끔거리더니 내가 시야에 들어오자 게-게- 하고 울기 시작했다. 운다기보다는 까무러친다는 말이 더 맞을지도 몰랐다. 나는 선뜻 손을 뻗지도 못했다. 그 작은 것이 구름처럼 흩어져버릴 것 같았기 때문이다. 상자 안쪽에 매직으로 쓴 엉성한 필체로 이 고양이의 이름은 호야이며, 자기가 길에서 주워서 데려왔으나 부모님의 반대로 이곳에 둔다고 쓰여 있었다. 중학생 정도의 것으로 보이는 글씨였다.

정신을 차리고 보니 고양이는 이미 내 방에 있

었다. 작은 고양이는 온 힘을 다해 수건을 헤치고 상자를 넘어서 내 방 바닥에 발을 디뎠고, 데구르르 미끄러져 굴렀다. 구슬 같은 눈과 참깨 같은 코로 발 디딜 곳을 열심히 탐색하며 앞으로 나아갔다. 나는 그 아이가 움직이는 것이 기적이라도 되는 듯이 바라보았다. 그는 나를 향해 오고 있었다. 나는 그 알밤 같은 머리를 내 다리에 비비도록 두었다. 조그만 발이 내 발가락과 종아리, 허벅지를 차례로 올라 나의 오금 사이에 그 작은 몸을 둥글게 굴리도록 두었다. 그 작은 공은 귀를 기울이지 않으면 들리지 않을 정도로 작게 새근거리며 잠이 들었다. 작은 몸이 부풀고 잦아드는 것을 한참 동안 바라보았다. 나는 이른 새벽의 햇살 같은 가벼운 온기와 이슬이 맺힌 나뭇잎 같은 무게를 알게 되었다. 한쪽 손을 펼쳐 그를 손바닥 위에 올려보았다. 그리고 손을 천장을 향해 곧게 뻗었다. 순식간에 방이 거대해졌다. 고양이는 나를 내려다보았다. 이름을 붙여주었다. 나는 내가 얼마나 엄청난 사건을 맞았는지 몰랐다. 스무 살의 일이었다.

　사람들은 내가 고양이와 함께 사는 줄 몰랐다. 고양이를 키운다고, 두 마리나, 그것도 10년이나 되었다고 말하면 놀랐다. 어떻게 그렇게 티가 안 나느냐고 물었다. 그러니까 만나는 사람마다 고양이 사진을 보여준다든가, SNS에 사진을 계속 올린다든가, 하다못해 핸드폰 배경 화면으로 설정한다든가 하는 흔한 집사들의 행동을 말하는 것이었다. 심지어 내 옷에 고양이 털이 붙어 있는 일도 드물었다. 나는 내가 '고양이와 살고 있다'는 사실을 잊어버렸다는 것을 깨달았다. 그렇다면 내가 누구와 살고 있는지 설명할 말을 찾아보려 했다. 그 시도는 번번이 실패로 돌아갔다.

그들에 대해서 나는 영영 제대로 말할 수 없을 것 같다. 내가 아는 것은 오직 나에 관한 것이다. 내가 매일같이 무언가를 사랑하는 사람으로서 산다는 것이다. 나는 무언가가 이렇게 끊임없이 사랑스러울 수 있다는 사실에 매일 놀란다. 언젠가는 그들을 사랑하지 않게 되는 순간이 오리라고 믿었는데 그 믿음은 매 순간 부서진다. 나는 언제든 몸에 갑작스러운 촉감이 느껴져도 놀라지 않는 사람이 되었다. 그들이 내 옆구리에 똬리를 틀지 않으면 잠들 수 없는 사람이 되었다. 그들을 무릎 위에 앉히고 차를 마시지 않으면 아침을 맞은 기분이 들지 않는 사람이 되었다. 소리에 예민한 그들을 놀라게 하지 않기 위해 늘 고요하게 움직이는 사람이 되었다. 그들이 지나는 길에 놓인 장애물들을 치우고, 부지런히 집을 청소하는 사람이 되었다. 하루에도 최소 열 번씩 "예쁜아", "이 사랑스러운 것아", "바보야" 같은 말을 속삭이는 사람이 되었다. 적어도 그들이 이 세상에 살아 있는 동안은 나도 살아야겠다고, 그들과 내가 먹을 정도는 벌어야겠다고 다짐하는 사람이 되었다. 그들이 카펫을 망쳐놓고, 집 안을 어지르고, 접시를 깨뜨리고, 목화솜 이불에 오줌을 싸놓고, 내 발목 위에 똥을 싸고, 그 모든 것을 한꺼번에 한다고 해도 화를 내지 않는 사람이 되었다. 나는 말하지 않는 것이 얼마나 많은 것들을 말하는지 알게 되었다. 그들이 가장 안심한 표정을 할 때, 약속한 듯이 나에게 천천히 걸어올 때, 내 눈을 지그시 바라볼 때 내 삶이 그들에게 달려 있는 것을 느꼈다. 그 무해하고 연약한 분홍색 발에 내 삶이 달려 있다는 것을 알았다. 그들이 없는 내 삶을 상상할 수 없게 되었고, 세상에 그들과 같은 생명이 얼마나 많은지 상상하게 되었다.

새벽이가 돌아온 것은 정확히 보름이 지난 뒤였다. 그날은 유난히 보름달이 상서로웠다. 나는 히피 건축가가 짓다 만 집 2층의 유일하게 문이 달린 작은 방에서 자고 있었다. 그러다가 불현듯 눈을 떴다. 이상한 일이었다. 내가 잠을 자다가 깨는 경우는 거의 없었기 때문이다. 악몽을 꾼 것도 아니었고, 별다른 기적도 없었다. 그야말로 그냥 눈을 떴다. 깊은 새벽이라는 것 외에 몇 시인지도 몰랐다. 별생각 없이 다시 눈을 감으려는데 순간 심한 갈증을 느꼈다. 평소 같으면 졸음이 갈증에 져버렸을 것이나 어떤 이유에선지 나는 순순히 이불을 걷어내고 자리에서 일어나 방을 나섰다. 바닥의 냉기가 느껴졌다. 불을 켜지 않아도 훤히 보일 만큼 푸르스름하고 선명한 달빛이 비쳐 들었다. 그 순간 반짝, 하고 무언가 빛났다. 고개를 돌려 보니 발코니 창문 밖으로 별들이 빛나고 있었다. 햇빛을 받은 유리알처럼, 신비하게 빛나고 있었다. 나는 알 수 없는 힘에 이끌리듯 발코니로 나갔다. 고개를 들고 환히 차오른 달과 별들을 바라보았다. 그때 어디선가 울음소리가 들렸다. 그곳에 새벽이가 있었다.

새벽이는 지금까지도 그 일에 대해 아무 말이 없다. 다시 만난 우리는 누구랄 것도 없이 비쩍 말라 있었다. 새벽이는 지쳐 보였지만 눈빛만은 맑게 빛났다. 그동안 어디서 무얼 하다가 왔는지, 어떻게 다시 돌아올 수 있었는지 같은 것들에 대해 나는 이후로도 영영 알 수 없었다. 대한민국 고양이회 제주 지부 모임에 참석한 것이다, 14박 15일 고양이 단체 제주 일주를 다녀온 것이다, 추측만 난무할 뿐이다.

　여전히 믿을 수 없다. 내가 가구를 배우려 한 것, 결국 거의 배우지 못한 것, 새벽이와 미리를 데리고 섬에 간 것, 말도 안 되는 히피 건축가와 짓다 만 집에서 몇 개월을 지낸 것, 새벽이를 잃어버린 것과 다시 찾은 것. 그리고 함께 살고 있는 지금의 삶까지. 분명한 것은 새벽이가 나를 불렀다는 것이고, 삶에 우연 같은 건 없다는 것이다. 그렇게 나는 삶을 되찾았다. 말 없고 힘없는 무언가가 잠시 내 삶에서 자리를 비웠던 그 보름간의 시간을 가끔 떠올린다. 우리는 돌아가기 위해 다시 비행을 했고, 두 번째는 조금 나았었는지 어땠는지 그 기억은 좀먹은 것처럼 사라져 있다. 온전히 기억하는 건 공항에서 집으로 가는 택시 안에서 우리 셋은 쥐 죽은 듯이 조용했으며, 운명이 우리를 다시 비행기에 태우는 일이 없기를 기도했던 것뿐이다.

마운테인 다이어리

한 글자인 것들을 좋아한다. 산이 그렇다. 절도 그렇다. 산속 절에 산 적이 있다. 어릴 적부터 늘 산 주변에 살고, 산을 바라보고, 산을 오르긴 했어도 산에 살 줄은 몰랐다. 평생 종교가 없었으니 절에 살 줄은 더더욱 몰랐다. 불상을 모신 대웅전은 절의 가장 높은 곳에 있었다. 그곳에 처음 갔을 때 대웅전의 너른 마당으로 해가 지고 있었다. 커다란 도화지처럼 탁 트인 하늘 밑으로 구름 같은 안개가 짙게 깔려 있었고, 강렬한 빨강 빛의 커다란 해가 하늘 전체를 물감처럼 물들이고 있었다. 그런 해는 본 적이 없었다. 문득 결심했다. 저 해를 매일 보리라고.

　　하루가 열리고 닫히는 일이란 실로 경이로웠다. 활활 타오르는 동그란 해가 서서히 그리고 명확히 몸을 움직이는 모습이 난생처음 보는 의식 같았다. 저런 일이 나 모르게 매일 반복되고 있었다니 믿을 수 없었다. 해는커녕 하늘 한번 올려다보지 못하고 흘러간 날들이 많았다. 해가 뜨고 진다는 것은 그저 방에 불을 켰다 끄는 것처럼, 경계 없이 이어지는 일일 뿐이라고 생각했다. 그런데 거기, 눈앞에서 하루가 보이고 있었다. 너무도 아름답게 오고, 가고 있었다. 매일 보아도 매일 새롭게 놀라웠다. 아무 이유도 없이, 특정한 대상도 없이 감사한 마음이 들었다.

해가 지평선 너머로 사라지면 커튼을 친 듯 삽시간에 밤이 되었다. 밤의 땅은 축축하다. 숲을 이루는 모든 것이 조금씩 물기를 머금는다. 자칫 나무와 땅과 돌에 몸이 스쳤다가는 그 냉기에 화들짝 놀란다. 이제 세상에 온기가 있는 것은 나뿐이라는 것을 깨닫는다. 이곳의 낮과 밤은 완전히 다른 세상이다. 빛이 하는 일들을 실감한다. 빛이 이곳에 주는 온화함과 상냥함을. 숲과 내가 서로 만나고 섞일 수 있게 하는 밝음과 따스함을. 밤이 되면 숲은 완전히 다른 공간이 된다. 그곳의 어둠은 부정할 수 없이 실존한다. 불 하나 밝힌다고 모른 체할 수 없다. 산속의 어둠에서 홀로 불 밝힌 방을 보면 처량한 기분이 든다. 마치 이길 수 없는 싸움을 하는 것처럼 보인다. 손전등 따위는 켜자마자 어둠 속에 삼켜진다. 모든 것이 사라진 것처럼 보인다.

사람들은 자신도 모르게 조용히 말하기 시작한다. 그마저도 곧 그만둔다. 밤과 가장 잘 어울리는 것은 잠이라는 것을 받아들이고 만다. 그럴 것이, 눈을 뜨고 있어도 감은 것만큼이나 어둡다. 이곳에서 인간의 의도라는 것이 얼마나 우스운가 하고 나는 생각한다. 숲의 인간이란 빛이 있으면 움직이고, 거둬지면 멈추어야 한다. 칠흑 같은 어둠 속에서 글자를 읽기 위해 밤마다 호롱불을 밝히던 옛날 사람들을 상상한다. 무언가 배우고자 하는 마음으로 이 짙은 어둠을 밝히는 마음이란 어떤 것이었을까. 그것은 불 꺼진 방에 누워 휴대폰 빛을 밝히는 마음과 왜 그토록 다르게 다가오는가.

밤의 검은 무대는 오롯이 하늘이다. 하얗게 뜬 달이 차갑고 형형한 빛을 뿜는다. 그것은 해가 하는 것과는 다르다. 달은 달을 바라보게 한다. 별들이 언제라도 땅으로 곤두박질칠 것처럼 가득 차 빛이 난다. 반짝반짝이라는 말은 숲의 밤하늘을 봐야만 이해할 수 있다. 부엉이와 귀뚜라미를 비롯한 알 수 없는 생명의 울음소리가 마치 바로 옆에 있는 것처럼 들려온다. 흡사 여자가 비명을 지르는 것 같은 울음소리는 고라니의 것이다. 수만 개의 나뭇잎이 바람 한 줄기에 함께 나부낀다. 그때 사람이 할 수 있는 일은 불을 켜는 것이 아니라, 눈을 질끈 감는 일이다. 오랫동안 눈을 감았다 뜨면, 오히려 어둠 속에서 길을 찾을 수 있다.

숲은 도망이란 단어와 어울린다. 실제로 많은 사람이 이곳으로 도망쳤다. 지금 생각해보면 나도 도망쳤다. 숲이건 어디건 되는 대로 도망쳤다. 어느 날 잘 뜬 해를 보고 이곳을 골랐다고 생각할 뿐이다.

이곳은 생활의 모든 부분이 새삼스럽다. 해보다 먼저 눈을 떠야 했으므로 잠은 짧았다. 먹고 나면 설거지를 하고 자리를 청소한 뒤 다음 끼니로 먹을 재료를 손질했다. 샴푸나 바디 워시, 따듯한 물도 없었다. 물을 내리는 변기나, 빨래를 해주는 세탁기도 없었다. 방을 데우려면 나무를 패야 했다. 이동 수단은 다리밖에 없었다. 휴일이나 놀 거리가 있지도 않았다. 새벽같이 일어나고, 눈 뜨고 있는 동안에는 쉴 새 없이 일해야 했다. 늘 배고프고 졸렸다. 툭하면 벽에 기대어 쪽잠을 자거나 서서 조는 일이 많았다. 무엇도 누구에게 위탁할 수 없었다. 모든 것이 나의 몫이었다. 움직이지 않으면 먹지도 씻지도 입지도 못했다. 사는 것만으로 하루가 일거리로 가득 찼다. 도시였으면 돈으로 어렵지 않게 해결할 일들이었다. 그 편리함과 윤택함을 버리고, 관계와 일을 버리고 이곳에 왔으니, 어떤 의미에서 모두가 도망을 왔다고 해야 할 것이다. 이곳의 시간은 바깥세상과는 완전히 다른 질감으로 흘렀다. 매 순간을 꼭꼭 씹어서 삼켜야 했다. 산 밖에 있으면 산속이 아득해졌다. 산속에 있으면 산 밖이 아득해졌다.

그곳은 먼저 경험한 자들이 승리하는 세계다. 지금 우는 새가 어떤 새인지, 지금 보고 있는 나무의 이름은 뭔지, 곰이나 멧돼지는 어떻게 쫓는지, 나무 옆에 피어난 저 버섯을 만져도 되는지. 몇 월에 무엇이 피어나고 지는지, 언제 어떤 것을 심고 싹을 틔워야 하는지, 언제 채취하고 어떻게 요리하는지 먼저 경험한 이들의 말을 따라야 했다. 나는 무지몽매했다. 젊고 힘만 넘치고 쓸모가 없었다. 나에게 초록은 숲이고 갈색은 땅이며 우는 것은 동물이고 그뿐이었다. 어딜 가나 나이 든 사람이 가장 앞서 걸었다. 마치 일을 위해 길이 들어버린 것 같은 그들의 바싹 마른 손이 해낼 수 있는 수많은 일을 보았다. 능숙하고 여유롭게 사부작사부작 움직이는 그들 옆에 서툴게 어정거리는 내가 있었다. 그들의 움직임에서는 느긋한 노래처럼 잔잔한 리듬이 느껴졌다.

　　산에서 한나절 나물을 캐고 내려오면 노인의 소쿠리는 한가득인데 내 소쿠리는 겨우 한 주먹이다. 바지는 수풀 사이를 쏘다니며 얻은 갈고리 씨앗들이 뒤엉켜 있고, 손등은 빨간 생채기가 여럿 나 있었다. 노인의 옷과 몸은 다녀오기 전과 같이 말끔했다. 나는 그들의 말을 귀를 쫑긋 세워 듣고, 무조건적으로 수용한다. 그래서 생존할 수 있었다. 그들은 숲에 대해 알고 있었다. 내가 나이가 든다고 해서 그런 노인이 될 수 있을까.

그들과 멀찍이 떨어져 말없이 나물을 뜯다가 뱀과 정면으로 눈이 마주쳤다. 연둣빛과 갈색빛이 오묘하게 섞인 견고한 옷을 입었다. 수수한 옷차림으로 보아 가볍게 나선 산책길에서 우연히 나를 마주친 무해한 친구다. 그 자그마한 머리와 콩알만 한 눈이 나를 보고 있다. 뱀은 겁이 많기 때문에 나만큼 놀랐을 것이다. 그들은 자신을 방어하는 일이 아니라면 특별히 먼저 공격하지 않는다. 나는 한동안 그를 바라보다가 노인에게 배운 대로 손뼉을 치고 발을 구른다. 뱀은 순식간에 풀숲으로 멀어진다. 귀가 없는 그들은 진동으로 무언가를 감지한다.

산에서 인간은 극히 일부일 뿐이다. 정확히 말하면 인간은 끼어든 것처럼 보인다. 어느 때처럼 저녁 예불을 들이기 위해 대웅전에 올라갔을 때, 금으로 만들어진 부처님의 자태가 그날따라 유난히 화려해 보였다. 자세히 보니 부처님의 이마 왼쪽에 사람 얼굴만큼 커다란 황금색 나방이 앉아 있었다. 색이 맞춘 듯이 똑같아서 전혀 위화감이 없었다. 말하자면, 아주 잘 어울렸다. 새침한 소녀의 머리에 꽂힌 머리핀처럼 위치까지 절묘했다. 부처님이 당장이라도 벌떡 일어나 시내로 놀러 나갈 것 같았다. 그것으로 나방이 부처님을 농락했다고 할 수는 없었다. 쫓아낼 수도 없었다. 우리는 꽃단장을 한 부처님을 바라보며 예불을 올렸다.

해마다 어떤 한 가지 특정 생명의 개체수가 월등히 많아진다는 것을 숲에 살면서 알게 되었다. 어떤 해는 유난히 여치가 많고, 어떤 해는 나방이 많은 식이다. 어떤 존재가 많다는 것은 그 자체로 몹시 순수하고 강력한 힘이라는 것을 알게 되었다. 해마다 돌아가면서 누가 많을 건지 어떻게 결정하는지 모르지만, 그들은 그야말로 생활 속에 가득해지고 공간을 점거하며 존재를 주장한다.

어느 여름엔 걸음을 디뎠다 하면 양말이 축축이 젖었다. 여치를 밟은 것이다. 신발을 신으려고 발을 넣으면 또 양말이 축축해졌다. 신발 안에 여치가 있던 것이다. 수건 장을 열어도 여치가 있고 옷장을 열어도 여치가 있었다. 나는 이 세상에 여치가 존재할 수 없는 곳은 없다는 것을 깨달았다. 여치는 상상할 수 있는 모든 곳에 있었다. 풋사과처럼 밝은 연두색의 얇은 반달형 몸매와 이쑤시개처럼 얇은 두 다리가 아직도 선명하다. 그들은 아무런 저항 없이 발이 오면 밟히는 것으로 생을 마감했다. 매일 아침 발우공

양 시간에는 거의 모두가 일어나 삼배를 하고 참회를 했다. "참회합니다. 여치를 밟아 죽였습니다." 살아 있는 생명을 죽이는 살생은 불교에서 말하는 가장 큰 죄다. 그해 여름은 매일 아침 같은 참회가 돌림노래처럼 반복되었다. 우리는 보고 또 보며 발을 디뎠다. 그해 여름 행자들은 발밑에도 눈이 생겼다.

이듬해는 나방이었다. 모든 곳이 나방으로 가득했다. 그 공격적인 날갯짓은 활기차고 리드미컬했으며 일정한 패턴을 가지고 있었다. 밟을 일은 없으니 여치보다는 낫다고 할진대, 운동장만 한 마당에 사람 한 명 지나갈 틈도 없이 빼곡하게 날아다녀서 여간 곤란한 것이 아니었다. 평당 20마리씩 구역을 맡아 날기로 협의라도 한 것 같았다. 그 풍경은 컴퓨터 그래픽으로도 구현하기 어려울 장관이었다. 보고도 믿을 수가 없었다. 지구변화로 인해 매해 특정 곤충의 개체수가 늘어나고 메뚜기 떼가 창궐하여 곡식을 모두 갉아먹는다는 이야기가 절대 과장이 아님을 나는 경험으로 안다. 행자들은 나방들이 날아다니는 패턴을 관찰하여 첩보 영화 속 빨간 레이저를 피하는 스파이처럼 나방 사이를 춤추듯이 가로질렀다.

돌산에서 새로운 생명을 틔우려면 씨앗만 있어

선 안 된다. 우선 땅부터 만들어야 한다. 처음엔 땅을 만든다는 말을 이해하지 못했다. 그런데 어쩌면 당연한 말이다. 여리고 작은 씨앗이 새싹을 내리려면 그것을 품은 토양부터 풍요롭고 온화해야 할 것이다. 사람이든 땅이든 날 때부터 비옥하다면 참 좋겠지만, 그렇지 않은 곳에도 희망이 없는 것은 아니다. 땅바닥에 붙어서 돌만 고른다. 서른 명이 넘는 사람들이 하루 종일 돌만 골라도 돌이 나온다. 끊임없이 나온다. 돌이 되려고 했던 흙, 흙이 되려고 했던 돌, 이제 막 돌이 된 돌, 진즉에 돌이 된 돌이 파도 파도 나온다. 엄지손가락만 한 돌부터 얼굴만 한 돌까지 수도 없이 나온다. 어느 순간 내가 돌인지 사람인지 헷갈리기 시작한다. 이 돌을 다 빼면 남는 흙이 있을까 싶을 정도다. 그 많은 돌을 골라내도 흙은 넘쳐난다. 우리가 이 돌을 다 골라낼 수 있을까? 사람들은 생각하다가 이내 멈춰버린다. 돌만큼 많은 잡생각들이 데굴데굴 굴러간다. 옆에는 돌무더기가 생긴다. 놀랍게도 그걸 몇 주 동안 하고 나면 손바닥만 한 땅뙈기에서 돌이 '사라진다'. 돌을 너무 골라서 내 몸이 돌이 될 때쯤 돌이 사라진다. 마치 불가능한 일을 해낸 듯 모두의 얼굴에 감동이 피어난다. 모두의 손톱 밑이 되돌릴 수 없을 정도로 새까맣다. 구석구석 안 쑤신 곳이 없다. 밥이 미친 듯이 맛있다. 그러고도 땅은 아무도 손대지 않은 듯, 전과 달라진 것이 없다.

그걸로 끝난 게 아니다. 오랫동안 생명이 움튼 적 없는 땅은 척박하다. 우리 씨앗을 좀 잘 부탁합니다, 간절한 마음을 담아 천연 퇴비를 듬뿍 뿌린다. 천연 퇴비란 다른 말로 똥이다. 이곳은 바닥에 동그란 구멍을 뚫어둔 것을 화장실이라고 부른다. 일을 본 후에는 그 위에 골고루 겨를 뿌려야 한다. 겨는 곡식의 껍질이다. 절 사람들은 남의 살을 먹지 않는 탓인지 똥이 악취가 거의 없고 발효가 매우 잘된다. 천연 퇴비 제조기가 아닐까 싶을 정도다. 가끔 외부 신도들이 단체로 절을 방문했다 가면 화장실에서 코를 찌르는 악취가 났다. 나는 똥에 거부감이 없어 퇴비 나르는 일을 도맡았다. 그것은 똥이 아니라 김이 솔솔 나는 귀한 흙 같아 보였다. 우리가 그 고생을 해서 심은 곡식은 감자였다. 심을 감자를 솎아내고 다듬는 데 또 며칠이 걸렸는지 모른다. 씨눈 감자를 잘게 잘라 심었고, 몇 개월 뒤 못생긴 감자 겨우 몇 상자를 수확했던 것 같다. 밥상에 감자가 나왔을 때 사람들은 울었다.

이제 감자는 마트에서 산다. 빨래는 세탁 앱에

맡기고, 온수는 펑펑 쓴다. 똥은 냄새를 맡기도 전에 내려버리고, 잠은 자고 싶을 때까지 잔다. 그런데 왜 산에서 도망쳐온 것 같은 기분이 드는지 알 수 없다. 해가 뜨는지 지는지, 아직도 하늘에 별이 있는지, 밤이면 땅이 축축해지는지, 올해는 어떤 생명의 개체수가 많은지, 어떤 나물이 맛있는지 나는 모른다. 눈을 마주칠 뱀도 없고, 귀 기울일 어른도 없고, 발밑에 눈을 달 필요도 없다. 골라낼 돌도 만들 땅도 뿌릴 똥도 없다. 계절은 나를 스쳐가버리고 그저 비슷한 하루하루가 반복된다. 불을 끄지 않으면 밤은 내 방에 침범할 수 없고, 나는 별 노력 없이도 새벽을 누리며 밤을 모른 척한다. 공사와 층간 소음을 제외하고, 내가 의도하지 않은 어떤 소리도 들리지 않는다. 바야흐로 내 세상은 적막하다. 조심할 것도, 배워야 할 것도 없다. 내 몸은 따뜻하고 한껏 게으르며 무감하다. 나는 방의 불을 끈다. 이제 이곳엔 나만 남아 있다. 창문의 커튼을 내려 창문에 비쳐드는 가로등 빛을 가린다. 얕은 어둠이 깔린 방에 누워 생각한다. 깊은 산속 위엄 있는 부처님의 이마 위에 내려앉았던 황금색 나방 한 마리를.

아빠는 이데아

그녀로부터 전화가 온 것은 딱 3년 만이다.

"너는 어쩜 그렇게 연락을 뚝 끊어버리니."

그녀가 "여보세요" 대신 꺼낸 첫마디는 길다. 우리의 연락은 끊어진 적이 없다. 정확히 말하면 이어진 적이 없다. 그녀의 호칭은 막내 그리고 고모. 우리의 사이에는 같은 피가 흐르고, 그것이 그녀가 예고 없이 나에게 전화를 걸어 다짜고짜 다그칠 수 있는 명분으로 보인다. 그녀는 소리친다. 왜 이렇게 연락이 없었냐고. 왜 연락이 없었냐고? 질문이 이상하다. 마치 지나가는 사람에게 느닷없이 왜 모자는 안 썼냐고 묻는 것 같다. 모자를 써야 하나요?

나는 그날 하루 종일 섬을 걸어 다녔다. 어림잡아도 10킬로미터가 넘게 걷고서 막 숙소로 돌아와 씻으려던 참이었다. 잠을 못 잔 상태였고 당장 쓰러질 것처럼 피곤했다. 웃옷을 벗다 만 채로 침대 모서리에 걸터앉아 핸드폰을 들고 있었다. 문득 내 모습이 웃겼다. 막내 고모라는 글자를 보고도 무심결에 전화를 받은 것을 후회하며 고개를 떨구고 있었다. 손끝으로 이불 시트를 만지작거렸다.

"서울 오면 얼굴 한번 봐."

나는 금방 답을 하지 못한다.

"지금은 멀리 와 있고, 한동안 서울엔 안 가요."

사실이었다. 나는 집에 있지 않았다. 그러나 집이었다고 해도 같은 답을 했을 것이다. 거짓말을 하지 않아도 돼서 다행이라는 생각을 한다.

"연락이 없었던 게 아니라, 먹고살기 바빴던 겁니다. 기분 좋게 애기할 생각이 없으면 전화를 하지 마시죠."

대답을 했건만 이번엔 그쪽에서 말이 없다. 전화를 끊는다.

또 전화가 울린다. 큰 그리고 아버지다.

"막내라서 그러니까 네가 이해해라. 그 아이는 애정 표현을 서운하다는 식으로 하니까 말이야."

나는 대꾸할 말이 없어 멀뚱히 앉아 있다. 이 다음엔 돌아가신 할아버지한테서 전화가 온대도 놀랍지 않을 것 같다. 것보다 막내 고모가 전화를 했었다는 말은 한 적이 없다. 옷이 들춰져 있던 배가 시려오기 시작했다. 배가 고프기도 했다. 나는 지쳤다. 막내 고모가 대뜸 연락한 것은 그러니까 큰아버지의 부탁이었다고 했다.

"너희 고모가 옛날에는 네 옷도 많이 사다주고 사이 좋았잖니."

그는 덧붙인다. 그것은 사실이다. 그러니까 내가 여덟 살 때쯤까지 그랬다. 그때의 기억은 대부분

희미해졌다. 어떤 것들은 전혀 기억하지 못한다. 분명한 것은 그때 고모가 사준 옷들이 너무 작아졌다는 사실이다. 가능하다면 나도 다시 작아지고 싶다.

"흠."

그가 목을 가다듬는다. 단락을 나누듯이.

"너, 아직도 화났니?"

"화요?"

나는 반사적으로 되묻는다. 그러고 보니 큰아버지와 통화를 한 것은 이번이 처음이다. 화면에 뜬 그의 번호에는 이름도 없다. 섬 바람이 매서운 소리를 낸다.

"그래도 아빤데 연락 좀 하고 지내지."

"큰아빠, 저 화 안 났어요. 제가 그 스님보다 절 선배예요."

나는 '아빠'라는 말을 오랜만에 발음한다는 사실을 떠올린다.

그가 작게 읊조린다.

"스님 아니고 네 아빠잖니."

나는 한숨을 들이쉰다.

"절 생활 어떤지 빤해요. 새파랗게 젊을 때 가도 힘든 게 절 생활이에요. 그 사람 간 첫날부터 후회하고 있을걸요. 근데 갔으면 다시 돌아올 수는 없어요.

이제 그럴 수는 없는 거예요. 선택을 했으니까요."

침묵이 이어진다. 그는 어쩌면 내가 말할 줄 안다는 것 자체가 놀라울지도 모른다.

"그래도 그렇지…."

나는 전혀 아빠 같지 않은 그 사람을 다시 부른다.

"큰아빠, 그 사람은 새로운 생을 사는 거예요. 전생에서 귀신처럼 들러붙는 거 아니에요."

"그래도 아빤데, 말 참 무섭게 한다."

"걱정하지 마세요. 때 되면 찾아갈 테니까. 죽기 전에는요."

"하하, 그래. 야, 말로는 너 못 당하겠다."

그는 못 이긴다는 듯 말했다. 나는 어떤 자세로 통화에 임해야 할지 판단이 안 서고 있었다. 그와 나는 처음 이야기하는 사이였고 가족이었다.

"다시는 얘기 꺼내지 마세요. 아예 안 가버리기 전에."

"그래… 그래도 가족인데 연락 좀 하고 지내자. 남은 가족들끼리라도 뭉쳐야지. 언제 시간 되니?"

"지방이에요. 한참 안 올라갈 거예요. 올라가면 연락드릴게요."

전화를 끊고 입었던 옷을 마저 벗어버린다. 뜨거운 물로 긴 샤워를 한다. 서울엔 영영 돌아가지 않기로 한다.

아빠는 약속을 어겼고 새 삶을 덤으로 얻었다. 약속을 어긴 것치고는 좋은 보상이다. 그는 멀리 갔다. 갈 수 있는 한 가장 멀리 갔다. 없는 사람이라고 하기엔 죽지 않았고, 있는 사람이라고 하기엔 없었다. 다른 세계로, 다른 생으로 사라졌다. 그는 살아 있었고 무엇이든 될 수 있었지만 내 아빠는 아니었다. 엄마의 남편도 아니었다. 마찬가지로 큰아버지와 막내 고모의 형제도 더 이상 아니었다. 새로운 집으로 이사를 하면 더는 옛날 집에 들어가볼 수 없는 것과 같았다. 그는 새로운 이름을 얻었고 새로운 곳에서 새로운 얼굴로 살았다. 그와 나의 삶이 유별한 것은 우리에게 생긴 새로운 약속이었다.

얼마 후 할머니가 돌아가셨다. 나는 이른 아침 서울에서 지방에 있는 장례식장으로 향했다. 지하에 마련된 장례식장은 차갑고 어두웠다. 어떤 이유에선지 핸드폰 신호조차 잘 잡히지 않았다. 빈소는 조용했다. 술을 마시는 사람도 곡을 하는 사람도 그 흔한 화투를 치는 사람도 없었다. 가족들은 나에게 와서 인사처럼 "TV에서 잘 봤다"고 했다. 나는 딱 한 번 공영방송에 출연한 적이 있었다. 하루 종일 섬을 걸어 다니는 내용이었다. 그것은 생각보다 여러 번 재방송되었다. 내 얼굴을 알고 있는 전국의 어머니 아버지들로부터 연락을 받았다. 그런데 왜 요즘은 더 안 나오니, 그들은 물었다. 나는 웃었다.

멀리서 사촌 오빠들이 잔뜩 모여 웅성거렸다. 한 명이 고개를 돌리더니 나를 보며 소리쳤다.

"야, 너 이리 와 봐."

"왜?"

"너 글에 우리 얘기 쓰지 마라."

그러더니 다 같이 키득거렸다. 다리를 달달 떨면서 내 표정을 구경했다.

언젠가 우리 가족의 누군가를 글에 언급한 적이 있었다. 이름이나 지역이나 외모적 특성이 전혀 언급되지 않은 세 줄의 문장이었다. 본인이 아니고서야 절대 누구인지 유추할 수 없는 내용이었고, 비난의 의미로 쓰이지도 않았다. 그 글은 나의 독립출판물에 실렸다. 그들은 내가 글을 쓰는지 책을 냈는지 관심조차 없었지만 그 세 문장을 찾아내 어느 날 전화를 걸었다. 나를 명예훼손으로 신고하겠다고 했다. 아빠가 떠나고 몇 년이 지난 후였다. 애초에 명예훼손 죄목에 해당조차 하지 않는 경우였지만, 나는 당장 그들에게 찾아가 무릎을 꿇고 사죄했다. 책은 판매를 중지시켰으며 그 세 줄을 삭제한 후에 재출간했다. 사촌 오빠들은 아마 그 얘기를 하다가 나를 불렀을 것이다. 나는 활짝 웃으며 말했다.

"걱정 마. 난 재미없으면 안 써."

그들의 얼굴은 미소 지은 채로 조금 일그러졌다. 나는 그들의 장난이 어디 한구석도 재미있지 않아서 재미있다고 생각했다.

자정이 가까워질 즈음 그가 왔다. 민머리에 법복 차림이다. 그는 웃고 있다. 그 얼굴이 오소소 소름이 돋을 정도로 익숙하다. 그가 웃는 순간 기억 속 수천 개의 얼굴과 겹쳐진다. 그저 잠깐 잊고 있었을 뿐이다. 저 유구한 얼굴을. 나는 웃는다. 저 사람이 나의 아빠인가? 그가 나를 보고 가장 먼저 건넨 말이 무엇이었는지 기억나지 않는다. 그야말로 시답잖은 말이었다. 재미로 따지면 쓸 필요조차 없다. 예뻐졌다고 했나, 유튜브에서 많이 봤다고 했나. 우리는 인사조차 하지 않았다. 마치 5분 전에 하던 대화를 이어가듯 대화는 시작됐다.

"스님이 유튜브를 왜 봐."

그는 껄껄 웃고, 상기된 광대뼈를 움직이며 쉴 새 없이 말을 쏟아낸다. 하고 싶은 말들을 정해두었다는 듯이. 나는 7년 전에 사라진 아빠와 방금 처음 만난 사람처럼 농담을 한다. 아무 말도 하지 못하는 것은 엄마다. 언젠가 엄마와 얘기한 적이 있었다. 화를 낼까 울어야 할까 웃어야 할까? 엄마는 웃지도 않고 울지도 않고 움직이지도 않았다. 아빠가 아니라 나에게 물었다. 벌써 장난을 치고 있어? 나는 잠시 둘을 남겨놓고 밖으로 나선다. 나가는 길에 큰아버지를 마주친다.

"그래, 만나서 화 풀었니?"

나는 웃는다.

나는 불투명한 유리문을 밀고 나간다. 사람들이 담배를 피우는 장소에 늘어선 벤치에 앉는다. 자판기 몇 개가 어둠을 비추고 있다. 핸드폰을 꺼내 신호를 확인한다. 전화를 건다.

"나 방금 아빠 만났어. 7년 만에."

"아빠를?"

"응. 분명 만났는데… 내가 알던 그 사람이 아니었어."

잠시 침묵이다.

"내가 생각하던 그 사람이 아닌 것 같아. 내가 모르는 것이 무성하게 자라 있어. 전혀 상관없는 사람 같아. 완전히 제멋대로 살아 있었어. 자기 멋대로 살다가 여길 왔어. 내가 그리워하고 미워하고 응원하고 증오하던 사람은 아까 그 사람이 아니야. 그 사람은 내 머릿속에만 있나 봐. 어쩌면 아빠는 이제 없나 봐."

그는 혼자 40분씩 떠들어댔다. 전보다 말하는 걸 더 좋아했고 남 일에 거침없이 참견했으며 여전히 뭐가 중요한지 몰랐다. 내가 어떻게 지내왔는지 다 알고 있는 것처럼 굴었다. 기회가 있을 때마다 나에게 한 개라도 더 가르쳐주려고 했으며, 고기를 많이 먹었다. 염불은 하지 않았다. 그는 회색 가방 안에 마구 흩어져 있던 종이를 모으더니 나에게 건넸다. 돈이었다. 나보다는 그에게 더 필요해 보였다. 그는 무턱대고 내 손에 그것을 쥐어주었다.

그게 내가 그 사람에 대해 아는 전부다. 그가 앞에 있는데도 나는 종종 허공을 올려다보았다. 그의 깨끗한 뒤통수를 한참 동안 바라보았다. 아빠는 만나지 못했다. 아빠는 이데아, 이데아 안에 있었다.

내가 본 것을 당신도 본 것처럼

"내 바지 어디 갔어?" 엄마가 대뜸 묻는다. 분명 아까 여기 두었던 바지가 사라졌다는 것이다. 나는 주변을 두리번거리며 대답한다. "아까 차에서 본 것 같은데?" 엄마가 버럭 소리친다. "글쎄 내가 여기다 봤대두!" 자신의 기억을 의심하지 말라는 것이다. 곧이어 엄마는 씩씩거리며 차에 가더니 얌전해져서 돌아온다. 내 말대로 바지가 차 안에 있었던 것이다. 바지는 건드린 적도 없고 심지어 그 소재를 알려주기까지 한 내 입장에서 엄마의 난데없는 호통이 얼마나 당혹스러운지 설명하면서 운전을 하다가 인천공항에 가는 길을 잘못 들었다. 한참을 돌아 도착한 공항은 사람들로 북적였다.

저가 항공사가 있는 H 구역에 체크인 수속하는 줄이 끝도 없이 늘어서 있다. 그 끄트머리에 엄마를 세워두고 나는 뛰기 시작한다. E 구역에서 환전한 돈을 찾고, D 구역에서는 여행자 보험을 들어야 한다. C 구역에서 우리가 입고 온 두꺼운 옷을 맡기고, 도착해서 쓸 핸드폰 유심은 A 구역에서 찾아야 한다. 한 구역은 커다란 학교 운동장만 했고 사람으로 가득했다. 여행자 보험을 들었을 즈음 숨이 가빠오기 시작했고 외투를 맡기고 유심을 찾았을 때는 땀이 흥건했다. 여분의 현금까지 찾아 A부터 H까지 다시 여덟 개의 운동장을 뛰어왔을 때는 온몸이 축축했다. 엄마가 말했다. "패키지여행 가면 다 알아서 해주던데."

승무원에게 엄마의 자리를 비상구 쪽으로 부탁했다. 덩치가 큰 엄마가 조금이라도 편하게 앉기를 바라서다. 그러자 승무원이 엄마에게 묻는다. "최근에 수술하시거나 상처가 생긴 적이 있으신가요?" 그 질문에 엄마가 먼 곳을 바라보며 생각에 잠기더니 왼쪽 다리를 수화물 저울에 턱 하고 올린다. "수술… 했죠. 여기 왼쪽 무릎이 살살 아프기 시작했는데 그게 그러니까 5년 전이었나…." 엄마가 이제 막 승무원에게 문제의 수술 부위를 짚어주려는 순간 승무원이 다시 묻는다. "고객님, 최근 6개월 안에 수술하신 적 있으신가요?" 옆에 있던 내가 대신 답한다. "없습니다." 엄마는 무릎을 문지른다. 체크인을 기다리는 줄은 점점 길어진다. 승무원이 말한다. "비상 상황 시 승무원과 함께 승객들의 대피를 도와주셔야 합니다." 엄마가 말한다. "아니, 노인이 먼저 나가야 하는 거 아닙니까?" 내가 말한다. "도우시겠답니다."

엄마와 첫 해외 여행이다. 평생 저예산 배낭여행자였던 내가 난생처음으로 호텔이라는 걸 예약했다. 여행의 참맛은 무계획이라며 패키지여행에 코웃음을 치던 내가 목적지의 모든 교통수단과 관광지를 줄줄이 외웠다. 여러모로 전례 없는 여행이었다. 엄마가 고른 나라는 태국이었다. 아픈 다리를 위해 원 없이 마사지를 받기 위해서였다.

자정에 가까운 시각 엄마와 나는 방콕 공항에 도착하여 동남아의 습한 공기를 들이마셨다. 공항 밖으로 보이는 야자수를 보며 엄마는 말했다. "제주도 같네." 우리는 공항에서 고작 10분 떨어진 호텔까지 가는 택시를 잡느라고 한 시간을 헤맨다. 다리가 아프고 귀가 잘 안 들리는 엄마를 이끌고 무거운 짐을 끌고 다니며 1층에도 갔다가 4층에도 갔다가 이 사람 저 사람을 붙잡고 묻는다. 모두가 다른 대답을 내놓는다. 어느새 우리 둘을 제외한 모두가 공항을 떠나갈 즈음 저 멀리서 누군가와 대화를 하는 엄마가 보인다. 엄마가 태국 사람에게 외친다. 정다운 한국어가 태국 공항에 울려 퍼진다. "택시 타려면 어디로 가요?"

자정이 넘어 도착한 호텔의 이름은 피닉스, 불사조였다. 과연, 호텔을 제외한 주변은 불에 타버린 것처럼 황량했다. 우유갑 같은 방에 침대 하나가 덩그러니 놓여 있었고, 그게 전부였다. 엘리베이터도 없고, 실내화도 없고, 온수도 없고, 전화기도 없었다.

엄마는 처음 오는 나라의 공항에서 한 시간을 헤매었을 때도, 있는 것보다 없는 게 많은 숙소에 도착했을 때도 이렇다 저렇다 말이 없다. 기쁘지도 새롭지도 실망하지도 않는 얼굴이다. 이미 새벽 한 시가 넘은 시간이었지만 그냥 잠들기는 아쉬워 근처에 하나 있는 편의점에 들르기로 한다. 타국의 먹거리들을 생경한 눈으로 살펴본다. 하얗게 센 머리를 양 갈래로 묶은 누더기 차림의 할머니가 동전을 다발로 꺼내 작은 편의점 도시락을 산다. 그러고는 문밖에서 기다리던 개와 나눠 먹는다. 둘 다 길에서 지내는 것으로 보인다. 엄마는 그 둘을 빤히 쳐다보더니 이후 태국 편의점에서 할머니들을 마주칠 때마다 나에게 묻는다. "그때 본 그 할머니 아냐?"

아유타야에서 엄마는 졸려 보였다. 엄마가 가자고 해서 온 곳이었다. 아유타야는 우리나라로 치면 경주와 닮은 곳으로, 지금은 흔적만 남아 있지만 과거 태국 왕국의 번영을 증명하는 도시다. 엄마는 눈을 게슴츠레하게 뜨고 반쯤 부서진 석탑들을 본체만체했다. 웅장한 나무뿌리들 사이에 얽히고설킨 채로 깨달음의 미소를 짓고 있는 부처의 얼굴 앞에서 크게 하품을 했다. 그리고 말했다. "다 가루가 된 델 왜 왔어."

밤에는 슬리핑 트레인을 타기로 했다. 평생 밤 기차를 타본 적이 없다는 엄마를 위해서였다. 저녁을 먹고 기차역에 도착했을 때 낡은 시골 역사에 플랫폼이라고 부르기도 민망한 두 줄의 철길이 놓여 있었다. 그곳으로 고물 같아 보이는 기차가 삐걱거리며 들어오고 있었다. 각국의 배낭여행자들이 모여 북적거렸고, 현지인들은 마치 1970년대 서울역 풍경처럼 바닥에 앉아 기차를 기다렸다. 엄마는 벤치에 앉아 소리 없이 기함하고 있었다. 자신이 앞둔 밤의 절망을 묵묵히 받아들이려고 하는 것 같았다. 사실 이렇게 말하고 싶었을 것이다. "기차들이 폐차 시기가 한참 지났는데?"

곧이어 우리가 탈 기차가 도착하자 엄마가 번쩍 놀라 일어섰다. 마치 아까 봤던 기차들은 농담이었다는 듯이 놀랍도록 멀끔했다. 일부러 가장 최근에 생산된 기차를 찾아 예매해두었기에 당연했다. 돈을 낸 만큼 깨끗한 기차에 탈 수 있다는 것은 다행이면서도 약간은 쓸쓸한 일이었다. 친절한 승무원이 우리를 맞이하며 능숙한 손놀림으로 기차 좌석을 침대로 바꿔주었다. 깨끗한 시트와 이불이 깔린 안락한 잠자리를 보자 엄마의 얼굴은 여느 때보다 활짝 피었다. 신이 나서 옆자리에 탄 유럽 여자들에게 웃으며 인사를 하고, 자신은 밤 기차는 육십 인생 처음이라며, 미인들의 옆자리에 타게 되어 무척 기쁘다고 달뜬 목소리로 말했다. 물론 엄마는 한국어로 말했고 내가 이를 영어로 전해주었다. 엄마는 침대에 누워서 연신 감탄했다. "기차의 흔들림이 꼭 요람 같아서 더 잠이 잘 올 것 같아." 설레어서 잠이 안 온다며 자꾸만 커튼을 걷어 나에게 말을 걸었다. 마치 대학 생활을 앞두고 기숙사를 배정받은 신입생 같았다. 창문 밖으로 시원하게 트인 태국의 밤하늘과 평야가 끝없이 이어졌다. 환하게 떠오른 보름달이 우리를 계속 따라오고 있었다.

엄마는 태국 화폐를 뭐라고 부르냐고 열 번을 물었다. 나는 열 번 모두 '바트'라고 대답했다. 바트가 어려우면 신밧드를 생각해보라고도 했다. 그러나 엄마는 계속해서 바트를 '동'이라고 말했다. "나한테 지금 만 동이 있어!"라고 외치는 식이다. 동은 베트남의 화폐다. 엄마는 베트남에 가본 적도, 동이라는 화폐를 쥐어본 적도 없다. 심지어 엄마는 태국 전통의상을 '아오자이'라고 부른다. "아오자이 입고 들어갈 수 있어?"라고 묻는 식이다. 태국의 전통의상은 '츄타이'라고 불리며 마찬가지로 아오자이는 베트남의 전통의상이다. 엄마는 베트남에 가본 적도, 그걸 입어본 적도 없다. 엄마는 우리가 어디에 있다고 생각하는 걸까? 이어서 엄마는 우리의 여행 행선지 중의 하나인 아유타야를 열한 번 다시 물어보는 기록을 경신한다. 지금 이 순간에도 아유타야에 대해 말하고 싶을 때는 우선 "아"라고 말한 뒤에 나를 아주 오래 노려본다.

엄마는 나에게만 말하고 나는 모든 사람과 말한다. 다리가 불편한 엄마가 편하게 오르고 내리고 이동할 방법은 많지 않고, 영어를 잘하는 태국인 또한 많지 않다. 영어로 "여기 엘리베이터 있나요?" 하고 물으면 그들은 눈을 크게 뜨고 나를 쳐다보았다. 나는 위로 올라가는 몸짓을 하며 다시 묻는다. "엘리베이터?" 결국 나는 그 자리에서 번역기를 돌려 핸드폰 화면을 그들 앞에 내민다. 엄마에게도 마찬가지로 2.5회가량을 반복해서 말해야 한다. 엄마는 귀가 좋지 않아 보청기를 끼고 있고, 태국은 어디든 조금 시끄럽다. 길에서 무언가를 보고 엄마에게 "귀엽다"고 말하면 우선 "응?"이라는 대답이 돌아온다. 다시 "귀엽다" 그리고 또 "귀엽다고" 하고 말하고서 "방금 내 말 들었어?" 하고 묻는다. 그러다 보면 귀여운 것은 이미 지나가 있다. 그나마도 그렇게 전달되었던 내 말들은 엄마의 기억 속에서 대부분 씻겨 사라진다. 또는 동이나 아오자이가 된다. 그렇게 절반 정도만 남는다. 전달 과정에서 절반, 기억 과정에서 절반 이탈하니 우리 사이의 소통률은 25퍼센트에 가깝다. 내 말을 한 번에 제대로 알아듣고 기억하는 사람은 어디에도 없었다.

엄마는 미친 듯이 빨랐고, 또 미친 듯이 느렸다. 그녀와 밥을 먹는 것은 전쟁이었다. 엄마가 좋아할 만한 식당을 찾는 것도 전쟁이었고, 마주 앉은 식탁도 전쟁이었다. 엄마는 음식이 나왔다 하면 쫓기듯이 그릇을 비워냈다. 잠시 고개를 돌리면 네 개였던 스프링 롤이 하나가 되어 있었고, 햄버거는 한 입만 남아 있었고, 볶음면은 반토막이 났다. 일용할 양식이 순식간에 종적을 감췄다. 처음 맛보는 음식들을 천천히 음미하며 충분히 맛볼 여유는 조금도 없었다. 조금만 천천히 먹으면 어떻겠냐고 물었지만 엄마는 알았다고 한 뒤에 까먹었다. 그러고선 "네가 안 먹길래 먹었지"라고 말했다. 나는 식사를 시작할 때마다 내 몫을 적당량 덜어 엄포를 놓지 않으면 안 되었다. "이건 내가 먹을 거야." 식은땀이 났다.

길에서는 정반대의 전쟁이었다. 엄마는 느렸다. 굉장히 느렸다. 평범한 사람의 걸음보다 적어도 다섯 배는 느렸다. 내가 할 수 있는 한 최대로 느리게 걸어도 엄마보다 한참 앞서갔다. 거기다 태국의 보도는 성인 두 사람이 나란히 걷기엔 턱없이 좁았고, 보도블록이 깨진 곳도 심심찮게 있었다. 엄마는 조금이라도 울퉁불퉁한 길을 만나면 중심을 잃고 휘청이기 일쑤였다. 지갑이며 마스크며 핸드폰 같은 걸 두고 와서 기껏 왔던 길을 되돌아가야 하는 일도 잦았다. 나는 위험한 것을 발견할 때마다 뒤를 돌아 길을 조심하라고 알려주었다. 앞서서 길을 찾으며 그 어려운 걸음으로 가는 길이 헛걸음이 되지 않도록 확인했다. 그렇게 나는 엄마보다 앞서 걸었고 때로는 한참 멀어진 지점에 서서 엄마가 오기를 기다렸다. 정말 답답한 일이었지만, 묵묵히 그녀가 오기를 기다리는 것이 내가 할 수 있는 최소한의 배려라고 생각했다. 그러던 어느 날 밤 엄마가 버럭 화를 냈다. 왜 자신과 발맞춰 걷지 않냐며 실성한 사람처럼 소리를 질렀다. 한번 시작된 화는 어둠을 따라 깊어졌다. 나는 어떻게 모든 걸 완벽히 맞출 수 있냐고 맞받아쳤다.

　　우리의 싸움은 때로 끝없이 이어지곤 했다. 엄마가 아닌 누군가와 그렇게 싸워본 적이 없다. 그렇게 끝까지 가는 일은 없었다. 다행인 일이었고 아찔한 일이었다. 모든 모녀가 이렇게 싸우지는 않는다는 것을 나중에야 알게 되었다. 충격이었다. 엄마와 나는 싸움으로 시작되고 끝났다. 깊은 애정은 그만큼 짙은 무지를 드리웠다. 우리는 각자의 그림자에 대해 함부로 넘겨짚었다. 스스로도 어쩔 수 없는 것들에 대해 아무렇게나 말했다. 이상하게도 엄마에게 소리치면 소리칠수록 나는 나와 남게 되었다. 나조차도 나와 머물 수 없게 되었다. 모든 것이 사라지는 기분이 들었다. 싸움의 불씨가 꺼져갈 즈음, 창문 너머로 해가 떠오르는 것이 보였다.

재처럼 타버린 황량한 마음으로 도착한 곳은 평화로운 곳이었다. 도시에서 조금 떨어진 숲속에 자리한 비밀스럽고 조용한 작은 마을이었다. 그곳엔 당장 뛰어들고 싶은 아담한 수영장이 있었고 하얀 벽과 나무로 지어진 정갈한 숙소가 있었다. 커다란 나무들이 곳곳에 그늘을 드리웠고 배부른 고양이가 한가로이 지나다녔다. 종일 새가 우는 소리만 들렸다. 엄마와 나는 그곳에 도착한 순간부터 약속이라도 한 것처럼 고요해졌다. 낮이면 수영을 하고, 선베드에서 책을 읽었다. 근처 재래시장에 들러 식재료를 사다 요리를 했고, 배가 부르면 낮잠을 잤다. 밤이 되면 별을 올려다보았고, 욕조에 물을 받아 긴 목욕을 했다. 밤에 문을 살짝 열어두면 고양이가 침실로 찾아와주었다. 그

보드라운 털을 쓰다듬다가 잠이 들었다. 그러는 동안 엄마가 옆에 있는 것 같기도 했고 아닌 것 같기도 했다. 그렇게 며칠이 흘러갔다. 엄마가 나에게 산책을 하겠느냐고 물었고 나는 고개를 끄덕였다.

숲속에 그림처럼 세워진 자전거를 가리키며 엄마가 말했다. "저거 타고 싶지?" 숙소에서 빌려주는 자전거였다. 엄마는 내가 혼자만 자전거를 타는 것이 마음 쓰여 타지 않고 있었던 걸 알았다. 엄마의 말에 나는 가볍게 안장에 올랐다. 씽씽 내달려 들판을 가로질렀다. 몇 바퀴를 돌다가 엄마에게로 달려갔다. "태워줄까?" 엄마는 종종 아빠와 한창 연애하던 시절 출퇴근을 하고 데이트를 하러 가기도 하면서 자전거로 곳곳을 누볐다고 했다. 엄마는 태우기 쉬운 상대가 아니었으므로 나는 그 얘기를 들을 때마다 아빠가 엄마를 얼마나 사랑했는지 느끼곤 했다. 엄마가 수줍게 웃으며 자전거 뒤쪽에 앉았다. 우리는 딱 10미터를 달리고 멈췄다. 엄마는 웃음을 터뜨렸다.

숲을 벗어나자 소담한 2차선 도로가 길게 뻗어 있었다. 도로 옆으로 조촐한 시골 풍경이 이어졌다. 따뜻한 바람과 쨍한 햇살을 듬뿍 받은 나무와 풀들이 춤추듯이 반짝이고 있었다. 엄마가 말했다. "저 멀리까지 보고 와. 나도 따라 걸을 테니까."

나는 안장에 올라 페달을 밟기 시작했다. 있는 힘껏 밟아서 앞으로 달렸다. 허벅지 근육이 기분 좋게 당겨오는 것이 느껴졌다. 초록색 평원이 시야 끝까지 펼쳐졌다. 하늘은 구름 한 점 없이 맑았다. 바퀴가 미끄러지듯 앞으로 나아갔다. 햇살과 바람에 온몸을 씻기는 듯 시원했다. 아까까지는 보이지 않던 곳까지 갈 수 있었다. 그곳엔 숲과 들판, 커다란 수영장, 이국적인 생김새의 주택들, 빨갛고 노랗고 붉게 만발한 꽃들이 있었다. 엄마는 여기까지 걸어올 수 없을 것이었다. 나는 길을 돌아서 반대로 달렸다.

한참을 달렸을 때 먼 곳에 작고 동그란 점 하나가 보였다. 그것은 점점 커지더니 이내 팔을 들어 나에게 손을 흔들었다. 나는 숨을 헐떡이며 저 멀리엔 숲과 들판이, 커다란 수영장이, 이국적인 건물과 오색찬란한 꽃들이 있었노라고 말했다. 그리고 다시 엄마를 지나쳐 새로운 길로 방향을 틀었다. 가보지 못한 길로 내달렸다. 내가 길을 돌리자 엄마도 길을 돌려 따라 걸었다. 나는 눈을 크게 뜨고 앞에 펼쳐지는 것들을 눈에 담았다. 문득 뒤를 돌았을 때 그곳엔 아무도 없는 것 같았다. 길옆으로는 여러 채의 시골집과 사납게 짖고 있는 개, 커다란 발전소가 있었다. 어느새 아주 멀리 와 있었다. 끝이라는 생각이 드는 지점에서 나는 길을 돌렸다. 우리의 걸음이 시작되었던 곳으로 다시 달렸다. 한참을 달리고 나니 멀리서 손을 흔드는 엄마의 얼굴이 보였다. 웃고 있었다. 엄마는 아까보다 분명 내 쪽으로 조금 더 가까워져 있었다. 생각했던 것보다 훨씬 더 가까웠다. 그곳에서 다시 시작되었다. 나는 요요처럼 엄마로부터 아주 멀리까지 갔다가 돌아왔다. 길은 여러 번 갈렸다가 이어졌다. 순간들은 멀어졌다 겹쳐졌다. 매번 엄마는 멀리서부터 웃고 있었다. 무얼 보았냐고 묻지도 않았다. 내가 본 것을 당신도 본 것처럼.

"지금 딱 좋아"

내 친구들과는 어느새 잘 만나지 않는 사이가 되었다. 내가 그들에게 했던 표현을 그대로 옮기자면, 그들은 한 달 몫의 우정을 월급처럼 주는 데 출중한 능력이 있다.

우리가 서로의 삶의 순간에 목격자가 되는 일은 점점 드물어졌다. 그런 날이 있다. 이를테면 내가 글을 쓰느라 밤을 꼬박 새우고 다음 날 핏발 서린 눈으로 지하철로 뛰어가다가 지하철 문과 역 사이에 안경을 빠뜨리고, 퇴근하는 직장인들 사이에서 눈치를 보면서 땀을 뻘뻘 흘리며 마스크 사이로 홍삼진액 한 포를 빨아 먹고 결과적으로 왕창 늦은 데다 잘못된 장소에 왔다는 걸 알았을 때, 혼잡한 8차선 대로 한복판에서 다시 부랴부랴 택시를 잡아타고 혼비백산으로 약속 장소에 도착해서 한 시간이나 늦은 것에 대해 처음 보는 사람들에게 다급히 사죄를 하고 세 시간 동안 갖은 애를 쓰며 일정을 마친 뒤 자정이 다 된 시각 집으로 돌아가는 지하철을 잘못 탔을 때, 아무도 없는 건너편 승강장에서 마침 그날 마지막으로 운행되는 지하철을 기다리던 중 그러고 보니 종일 한 끼도 먹지 못했음을 깨달았을 때, 내 전화를 받는 이는 아무도 없었다. 모두가 약속한 듯 응답이 없었다. 나는 다만 오늘 하루가 얼마나 스펙터클하고 기막히게 고생스러웠는지 말하고 싶었다. 나는 기진맥진하고 허기지고 보이는 것도 없었으며 지독하게 외로워졌다. 나는 그들이 발신 전용 휴대폰을 가졌다고 생각하기로 한다. 그들이 타국에 있다고 상상하기로 한다. 한 달에 한 번만 시차가 맞는 다른 행성에 살고 있다고 생각해 버리기로 한다.

나는 어쩌다 내 전화를 받지 않는 친구들만 사귀게 되었을까. 내가 그들의 전화를 받지 않은 적은 없었다. 벨소리가 울린다 싶으면 득달같이 받았다. 그들은 몇 년이 되도록 나의 컬러링이 뭔지조차 몰랐다(고심해서 고른 곡이었다). 마치 워키토키 같았을 것이다. 창공에 대고 "다솔아" 하고 부르면 바로 "응?" 하고 답하는 수준. 그들은 두세 달에 한 번, 그러니까 나한테 그 존재가 거의 잊힐 즈음 뜬금없이 전화를 걸어왔다. "그냥 한번 걸어봤어." 그 말을 들을 때마다 벅차고 놀라웠다. 그냥이라는 마음으로 나를 떠올려줬다는 것이 감동스럽고 벅찼다.

하지만 그들의 전화는 늘 나를 시험했다. 그토록 기다리던 전화는 하필이면 가장 곤란한 순간에 걸려 왔다. 참았던 똥을 싸러 막 화장실 문을 열었을 때, 따끈한 밥상 앞에서 이제 막 한술 뜨기 시작할 때, 샤

위실에서 막 머리에 거품을 냈을 때 울리기 시작했다. 그 기적에 가까운 울림에 대한 내 반응은 한결같았다. '수신'. 모든 일은 중지되었다. 나는 다리를 비비 꼬며, 갓 지은 밥을 식히며, 허리를 숙인 채 머리에서 거품을 뚝뚝 흘리며 말했다. "여보세요?" 비행기 이륙 직전에 전화가 온다고 해도 나는 벌떡 일어나 모두에게 잠시 기다리라고 (그리고 조용히 하라고) 말한 뒤에 대답할 것이다. "지금 딱 좋아." 오매불망 원해왔던 전화통화가 성사됐으니 절대 끊을 수는 없는 일이었다. 할 말은 언제나 넘쳐났다. 오늘 먹은 점심, 어제 했던 메일 회신, 엊그제 만난 웃긴 남자 또는 밤마다 느꼈던 지독한 적적함에 대해. 아냐! 귀한 시간을 그렇게 시답잖은 얘기로 낭비할 수는 없었다. 나는 단 몇 초 사이에 꼭 해야 할 이야기들을 정렬하고 선별한다.

일단 전화를 받으면 나는 벅차오르는 감정을 어쩌지 못하고 우왕좌왕하곤 했다. 전해져야 할 희로애락이 한꺼번에 쏟아져서 도통 정신을 차릴 수가 없었다. 초행길을 가다가 친구의 전화를 받으면 십중팔구 길을 잃었다. 타야 하는 버스를 놓쳤고, 내리는 비를 그대로 맞았다. 수업에 늦었고, 밥때를 놓쳤고, 소지품을 모두 두고 나왔다. 영혼이 전화통에 완전히 붙

들려 몸과 분리되는 것 같았다. 그 순간 내 의식은 모두 귀로 향해 있었다. 입은 귀까지 걸려 있었다.

"25분 뒤에 끊을 거야." 그들은 비행기 기장이 이륙을 알리듯 나에게 말한다. 그럼 나는 사형선고를 받은 기분을 애써 추스르고 25분 뒤에 밀려올 슬픔과 미련을 생각하는 것도 미루고 하고 싶었던 이야기들을 랩처럼 쏟아낼 것이다. 보고 싶었다는 말도 기다렸다는 말도 과감히 생략할 것이다. 내 머릿속에서 반짝반짝 빛나던 이야기들은 실제보다 바래고 축소되고 지루해질 것이다. 그들에게는 아무럼 상관없는, 그저 그런 이야기가 되어버릴 것이다. 그들은 내 말을 한 귀로 들으면서 생각할 것이다. '애는 언제나처럼 말이 많군.' 나는 그런 끔찍한 일이 일어나고 있음을 알면서도 이야기를 이어갈 수밖에 없을 것이다. "거기서 안경을 떨어뜨렸다니까."

그들은 대답을 하는 둥 마는 둥이었다. 대부분의 순간 진짜 듣고 있는지 확신할 수 없었다. 그들은 내가 "여보세요?" 하고 묻기 직전에야 대답했다. 어렸을 적 TV에서 나오던 애국가를 4절째 듣고 있는 것처럼 지루해했다. 때로는 그냥 라디오나 팟캐스트를 틀어놓은 것처럼 보이기도 했다. 그들의 대답은 허술하기 짝이 없었다. 하나같이 이렇게 시작되었다. "다솔아. 늘 말하지만….”

　내 친구 이슬아는 감사 괴물이었다. 그녀는 모태
신앙에 30년 연속 교회 권사를 맡은 사람처럼 감사에
신실했다. 내가 며칠 동안 밤을 새워도 일이 풀리지 않
고 이제는 그저 모든 걸 포기하고 싶다고 하면 그는 말
했다. “다솔아, 일단 책상에 앉아. 그리고 손 모아. 그
리고 하늘 보면서 말해. 땡쓰, 갓.” 그녀는 종교가 없
다. 내가 알기로 평생 없었다. 그녀는 감사하는 데 있
어 다른 것이 비집고 들어올 틈을 주지 않았다. 삶에는
오롯이 감사할 것만이 있었다. 내가 심각한 독감으로
며칠을 앓았다 하면 “죽지 않았으니 감사해라”, 우연
한 사고로 큰돈을 쓰게 되면 “벌면 되니 감사해라”,
소중한 물건을 잃어버렸다고 하면 “사면 되니 감사
해라”, 헤어졌다고 하면 “만나봤으니 감사해라”, 청
탁이 끊겼다고 하면 “그래도 쓰면 되니 감사해라”라
고 말했다. 그 말엔 논리가 없었으며 논리가 있었다.
그녀의 감사해라 방패는 나의 어떤 고민으로도 뚫기
가 어려웠다. 일단 죽지 않고 살아 있기만 하면 범사
가 감사할 일이 됐다. 가끔 참을 수 없이 반발심이 들
면 그냥 이렇게 말했다. “야, 나 같아도 내가 이슬아
면 길가에 서 있는 가로등한테도 감사해.”

　다른 친구들도 마찬가지로 별 도움이 되지 않았

다. 내가 한참 하소연을 늘어놓으면 요조 형은 그게 뭐가 됐든 이렇게 말했다. "야, 양다솔. 너 나랑 똑. 같. 다." 정지음 작가는 여기가 감옥이 아니라는 점을 자꾸만 강조해 말했다. "진심으로, 감옥에 갇힌다고 상상해봐요…. 봐봐요… 지금이 훨씬 낫죠…." 공주는 말했다. "네가 공주 개미가 되었다고 생각해봐. 백성들이 너만 바라보고 살고 있다고. 네 어깨에 개미 왕국 전체가 달려 있단 말이야." 혹은 이렇게 말했다. "진짜 귀여운 희귀 곤충들 영상을 찾아봐. 세상에 얼마나 귀여운 친구들이 많은지. 보다 보면 하루가 가는 게 우스울 정도라니까. 얼마 전엔 내가 우연히 이친구를 발견했…"라고 했다. 스투키는 말했다. "좋았어. 아주 좋아…."

그러나 그들이 전화를 받으면 하루는 달라졌다. 바위처럼 무겁게 나를 짓누르고 있던 것들은 수화기를 들고 그것들을 입 밖으로 내뱉는 순간 훌쩍 가벼워졌다. 골라도 골라도 끝없이 솟아나던 비관의 돌들이 잠시 딴청을 피웠다. 그들이 웃는 순간 그것들은 돌멩이처럼 작아져 내 손바닥 위를 빙그르르 굴러다녔다. 고통스러웠던 기억 어딘가에 귀여운 구석마저 있어 보였다. 비로소 그것은 일화가 되었다. 수화기 너머로 무언가가 흘러갔다. 전화를 끊고 나면 한동안은 잘 지낼 수 있었다. 폭풍우가 지나간 바다처럼 모든 것은 평화를 찾았다. 혼자가 아니라는 믿을 수 없는 사실을 잠시나마 받아들일 수 있었다.

생각날 때마다 집 앞에 찾아가서 목 놓아 놀자고 외쳐 부르는 친구와, 생각나면 가끔 엽서나 부치겠다고 하는 친구 사이의 우정 생활은 결코 쉬운 것이 아니었다. 폭포수와 낡은 수도꼭지를 나란히 상상하면 될 것이다. 친구라는 존재의 크기가 각자에게 잔인하리만치 다를 수 있다는 사실을 인정한 순간에야 우리의 관계는 성장할 수 있었다.

"소나무도 혼자서는 못 산대."

나는 그렇게 말하곤 했다. 나는 가끔 내가 깎아지른 절벽 끝 바위 틈 사이에 홀로 자라난 소나무 같다고 생각했다. 뿌리 내린 땅은 위태롭고, 앞에 펼쳐진 풍경은 아름답지만 적막하기 짝이 없으며, 이미 태어나버렸지만 사실 미래는 보이지 않는다고 말이다. 소나무는 때로 아무것도 살지 못하는 곳에서 산다. 산의 절벽이나 바위 위에서 홀로 싸우듯 싹을 틔운다. 그런 척박한 환경에서 소나무가 살아남을 수 있는 것은 그 옆에 피어난 작은 송이버섯 덕이다.

송이버섯은 어느 날 쏙 하고 고개를 내민다. 소나무가 가진 포도당을 나눠 먹고 쑥쑥 자라서 주변 바위 위에 하얀 포자를 넓게 뿌린다. 그 포자가 스며든 바위는 오랜 시간에 걸쳐 서서히 깨어진다. 그러면 소나무는 바위 사이로 뿌리를 내려, 몇천만 년 동안 농축된 바위의 영양소를 야금야금 먹으며 성장한다. 버섯이 바위를 깰 수 있다고 누가 생각이나 했을까. 그러나 나는 알고 있다. 바위를 깬다면 그것은 버섯만이 할 수 있는 일이라는 걸. 친구들의 전화를 받을 때마다, 무언가가 서서히 그리고 분명히 깨어지고 있는 걸 느낄 수 있었으니까.

나를 만든 세계, 내가 만든 세계
'아무튼'은 나에게 기쁨이자 즐거움이 되는,
생각만 해도 좋은 한 가지를 담은 에세이 시리즈입니다.
위고, 제철소, 코난북스, 세 출판사가 함께 펴냅니다.

아무튼, 친구

초판 1쇄 2023년 7월 10일
초판 2쇄 2024년 3월 20일

지은이 양다솔
편집 조소정, 이재현, 조형희, 김아영
디자인 일구공 스튜디오
제작 세걸음

펴낸곳 위고
등록 2012년 10월 29일 제406-2012-000115호
주소 경기도 파주시 돌곶이길 180-38 1층
전화 031-946-9276
팩스 031-946-9277

hugo@hugobooks.co.kr
hugobooks.co.kr

ⓒ양다솔, 2023

ISBN 979-11-93044-04-9 02810